Die Autorin dankt Reinhard F. für seine
pianistischen und klavierpädagogischen Anmerkungen.

Mit freundlicher Unterstützung der Kulturabteilung der Stadt Wien

Umschlag: Stefan Klein
Satz: AD
Druck: Theiss

ISBN 978-3-99059-025-6

Literaturverlag Droschl Stenggstraße 33 A-8043 Graz
www.droschl.com

Laura Freudenthaler

Geistergeschichte

Roman

Literaturverlag Droschl

Anne hört, wie die Wohnungstür aufgesperrt und geöffnet wird. Behutsam wieder geschlossen. Langsam wird die Klinke nach oben bewegt. Thomas bückt sich, seine Jacke verrät ihn, das Geräusch des Stoffes. Er geht auf Socken in die Küche, der Boden knarrt. Die Schwelle zwischen Vorzimmer und Küche erzeugt einen eigenen Laut, als würde etwas auseinanderbrechen. Anne hört das Knacken zweimal, dann die Tür zu Thomas' Arbeitszimmer. Er muss sich von innen noch einmal dagegen lehnen, damit sie nicht wieder aufspringt. Wenn man von der Küche ins Arbeitszimmer geht, sieht man auf das Wohnzimmerfenster, vor dem Anne steht wie eine Madonnenstatue in ihrer Nische. Sie steht mit dem Rücken zum Betrachter, das Gesicht zur Wand. Es ist aber keine Wand. Wenn im Haus gegenüber hinter einem der dunklen Fenster jemand stünde, könnte er Annes Gesicht betrachten. In Grotten im Süden sind Madonnenstatuen durch Glas geschützt, zu ihren Füßen liegen Plastikblumen. Anne tritt einen Schritt zurück und sieht nun ihre Spiegelung. Die Falte zwischen den Augenbrauen. Sie versucht die Schläfen nach beiden Seiten hin zu verlängern, als strichen ihre Finger von der Falte weg über die Stirn bis zum Haaransatz, ohne aber die Hände zu heben. Sie verlässt die Wohnung für einen kurzen Spaziergang. An den Waden spürt sie die kalte Luft. Im ersten Jahr des Auslandsstipendiums ist Anne jeden Abend nachhause gegangen in ihr Zimmer, nachdem sie den ganzen Tag am Konservatorium geübt hatte. Sie fand die Dunkelheit freundlich und dehnte den Heimweg durch die Stadt, die sie noch wenig kannte, aus. Wenn ihr eine Bar gefiel, setzte sie sich hinein und bestellte einen Kaffee. Sie konnte abends Kaffee trinken und trotzdem schlafen. Der Supermarkt an der Ecke hat noch offen. Thomas will vielleicht etwas essen. Als sie zurückkommt, sitzt er in der Küche. Eine

Kleinigkeit, sagt er. Anne bietet Nudeln mit Pesto an. Gutes Pesto, sagt sie, von einer Kollegin selbstgemacht. Sie gießt die Nudeln ab und bittet Thomas nachzusehen, ob der Parmesan noch gut ist. Beim Auswickeln hat sie auf der Rinde einen Fleck gesehen, den sie für Schimmel hält. Thomas wirft einen Blick auf den Käse. Warum soll der nicht mehr gut sein? Man könne ohne Haube draußen sein, sagt Anne, es sei herrlich. Du bist unvernünftig, sagt Thomas, der Wind ist kalt, das geht schnell auf die Ohren. Anne legt den Kopf schief und zieht die rechte Schulter zum Ohr. Unsinn, sagt sie und lässt die Schulter sinken. Es wird Frühling.

Herr Seyn hat angerufen, sagt Anne. Thomas streicht sich mit der Hand über Mund und Kinn und sagt, das sei selten ein gutes Zeichen. Herr Seyn kümmert sich um das Haus am See, wenn Anne und Thomas über Wochen oder Monate nicht da sind. Er selbst wohnt weiter oben am Hang. Nach einem Jahr haben Anne und Thomas ihm einen Schlüssel anvertraut, für den Notfall. Nein, sagt Anne, kein gutes Zeichen. In den letzten Wochen hat es so viel geregnet, dass Wasser in den Keller gedrungen ist. Seyn habe die Trocknung in die Wege geleitet, aber einer von ihnen müsse hinfahren. Am Mittwoch, sagt Anne, habe sie nur zwei Unterrichtsstunden, die könne sie auf andere Tage verlegen, um morgens hinzufahren und abends wieder zurück. Er könne unmöglich weg, sagt Thomas. Ich weiß, sagt Anne. Sie verhandelt ungern mit Handwerkern, besonders in der Gegend am See, wo alle starken Dialekt sprechen. Aber vor dir haben sie Respekt, sagt Thomas, mich halten sie für einen reichen Pinkel aus der Stadt. Was du ja bist, sagt Anne. Thomas sagt, er sei froh, dass sie das auch so sehe. Anne lacht. Sie könne bloß die Sicht der Handwerker verstehen. Am Mittwoch fährt Anne früh los. Nach der Hälfte der Strecke beginnt es zu regnen. Den ganzen Winter sind sie nicht im Haus am See gewesen. Das haben wir nun davon, denkt Anne, aber natürlich hätte es an den Regenfällen und am undichten Keller nichts geändert, wären sie ein- oder zweimal für ein Wochenende gekommen. Herr Seyn wartet mit dem Mann von der Trocknungsfirma unter dem Vordach, die Haustür steht offen. So starke Regenfälle habe es früher nicht gegeben, sagen die beiden, und dass der Sturm den halben Wald niedergehauen habe. Das Wasser ist schon abgepumpt, nun werden Geräte aufgestellt, um die Feuchtigkeit aus den Wänden zu holen. Herr Seyn wird regelmäßig nach dem Rechten sehen und da sein, wenn die Geräte abgebaut werden. Anne unterschreibt einige Papiere. Nachdem der Mann von der Trocknungsfirma sich verabschiedet hat, bedankt sie sich noch einmal bei Herrn Seyn. Sie holt aus dem Auto den Whiskey, den sie für ihn mitgebracht hat, und die kleine Sachertorte in dem quadratischen Karton für seine Frau. Da wird sie sich freuen, sagt Herr Seyn. Anne schließt die Tür hinter ihm. In der Küche findet sie noch ein wenig Kaffee, genug für eine Kanne. Mit der Tasse in der Hand geht sie durch das Haus. Sie zieht die Vorhänge im Schlafzimmer nicht auf, bleibt in der Tür stehen. Wie immer hat sie ein großes Leinentuch über das Bett gebreitet und trotzdem wird sie darin tote Insekten finden, geflügelte Ameisen, winzige Mücken. Im oberen Stockwerk tritt sie auf den Balkon hinaus. Am Berghang ist der Wald stellenweise wie mit Asche bestäubt, so dicht haben sich einzelne Nebelschleier um die Baumspitzen gelegt. Gern würde Anne zur Felsenbühne gehen, stattdessen wäscht sie die Tasse und die Kaffeekanne aus. Wenn sie sich jetzt auf den Weg macht, wird sie zumindest einen Teil der Strecke noch bei Tageslicht fahren. Aus Gewohnheit will sie das Warmwasser abstellen, das sie diesmal gar nicht eingeschaltet hat.

Mitten im dichten Wald hatte sich die Felsenbühne aufgetan. Auf einer ihrer Wanderungen waren sie auf einen freien Platz hinausgetreten, kein Nadelwaldboden mehr, sondern feiner Schotter. Nach hinten begrenzt wurde der Platz von einer Felswand, die in ihrem unteren Teil durch einen steinernen Block geteilt war, in einen sichtbaren Bühnenbereich und ein uneinsehbares Dahinter. Durchlässe und Gänge in dem Block verbanden die beiden Bereiche, Darsteller konnten überraschend auftauchen und unvermutet verschwinden, in dem Block verborgen bleiben. Anne hat sich in der Mitte der Bühne auf den Boden gesetzt. Sie hätte gern gewusst, ob hier jemals gespielt worden war. Der Klang der Stimmen und Geräusche würde verstärkt durch den Stein, zugleich hinausgeschickt unter den offenen Himmel. Sie werde sich eine Blasenentzündung holen, sagte Thomas, und weil der Stein tatsächlich kalt war, stand Anne wieder auf. An einem der darauffolgenden Tage unterhielten sie sich mit einem Mann aus dem Dorf. Anne wollte nach der Felsenbühne fragen, doch Thomas warf ihr einen Blick zu, eine Mischung aus Vorwurf und Verschwörung. Sie unterbrach sich, ihr Halbsatz löste sich unbemerkt im Gespräch auf. Sie standen bei der Bootanlegestelle. Anne blickte an den Männern vorbei in die Berge hinein, nahm ihre Hände auseinander und verbarg sie in den Taschen der Regenjacke. Immer war es ein wenig zu kalt hier am See, sodass Anne die Muskeln zwischen Schulterblättern und Nacken spannte wie einen kleinen Schild. Bis heute weiß sie nicht, was es mit der Felsenbühne auf sich hat.

Anne unterrichtet im rückwärtigen Teil des Hauses, in dem die Musikschule untergebracht ist. Nach einigen Jahren auf der Straßenseite hat sie erreicht, dass man ihr ein anderes Zimmer zuteilte. Jedes Jahr wieder hat sie der Direktorin erklärt, sie könne hier nichts hören. Auch ihr Gehör müsse sich konzentrieren, hat Anne gesagt, und dass sie erhört worden sei, als sie aus dem straßenseitigen Zimmer ausziehen konnte. Die Direktorin hatte einen freundlichen Tag und lachte. Seit vielen Jahren blickt Anne nun in den kleinen Garten hinaus, wenn sie unterrichtet. Das Fenster ist einen Spalt weit geöffnet. Ein Vogel wiederholt immer dieselbe Melodie aus fünf Takten, mit Triller im dritten und im letzten. Spiel es noch einmal, sagt Anne zu dem Knaben, der am Klavier sitzt. Verändere die Betonung, dann kannst du nicht mehr schummeln. Die Hände des Knaben bewegen sich über die Tasten, im Garten wiederholt der Vogel seine Melodie. Er baut geringfügige Änderungen ein, variiert die Tonfolge am Schluss, aufsteigend, fragend, ehe er verstummt. Spiel diesen einen Takt nur mit der linken, sagt Anne und deutet auf das Notenblatt. Wenn man ungenau geworden ist, muss man das Ganze in seine Bestandteile auflösen. Verstehst du das? fragt Anne und der Knabe legt die Hände auf seine Knie und dreht den Kopf, um sie anzusehen. Die Genauigkeit geht sehr schnell verloren, wenn wir glauben, ein Stück zu beherrschen. Der Knabe nickt. Zuerst die linke, sagt Anne. Sie weiß um die Neigung, der rechten mehr Aufmerksamkeit zu schenken. Im Garten endet der Vogel mit einer Synkope und aus einiger Entfernung ertönt eine Antwort, seine Melodie aufnehmend. Sehr gut, sagt Anne. Müssen Sie denn auch noch üben? fragt der Knabe am Ende der Stunde und wirkt betroffen, als Anne dies bestätigt. Er solle beobachten, sagt Anne zum Abschied, ob ihm nicht das Üben selbst Freude bereiten könne.

Im Kopierraum begegnet Anne einer jungen Gesangskollegin. Sie könne es nicht mehr hören, sagt die Kollegin. Sie nennt einen englischen Titel und Anne sagt, das Lied kenne sie nicht. Die Kollegin lacht, ein lautes Lachen, sie weicht dabei zurück. Wo lebst du denn, ruft sie und Anne sagt, am Mond. Hinter dem Mond, sagt die Kollegin, müsse es heißen. Anne sagt, sie spiele schon auch moderne Sachen mit den Schülern, sofern es halbwegs gute Noten dazu gebe. Zwischendurch gerne einmal Jazzstücke. Sie habe Jazzgesang studiert, sagt die Kollegin, ob Anne das wisse. Anne verneint. Sie habe überhaupt keinen Bezug zur Klassik, sagt die Kollegin, aber im Moment erscheine ihr Annes klassisches Klavierzimmer wie das Paradies. Aber bei dir, sagt Anne, werden die Schüler nicht jedes Jahr weniger. Als würde er gegen das Klavier ansingen, sagte der Knabe heute plötzlich, und Anne hatte gewusst, dass er den Vogel meinte. Sie fragt sich, ob die Melodien der Vögel im Garten sich durch die Musik aus den Unterrichtszimmern verändern. Die meisten Kollegen beklagen sich über Stundenpläne mit sogenannten Löchern. Verlorene Zeit, sagen sie. Anne setzt sich ins Lehrerzimmer, die Tür steht immer offen. Sie hört zu, wie es ruhig wird, die Türen zu den Unterrichtsräumen geschlossen werden, eine nach der anderen. Ein verspäteter Schüler läuft über den Gang, mit diesem Schlurfen, das von den tiefsitzenden Hosen herrührt oder den verrutschten Jacken. Oder aber von den Taschen und Beuteln, die sie hinter sich herziehen, selbst wenn sie über ihren Schultern hängen. In einem bestimmten Alter sind die Burschen in ständiger Auflösung begriffen. Es ist das Alter, in dem die meisten von ihnen mit dem Klavierspielen aufhören. Oft sind es die Mütter, die in Annes Sprechstunde kommen und sagen, ihr Sohn sei nicht mehr zum Üben zu bewegen. Dann sei es zwecklos, sagt Anne in diesen

Fällen. Wenn keine Beziehung zur Musik mehr da sei. Sie hat sich mit einem Kaffee zum Tisch gesetzt und eine Zeitung aufgeschlagen. Im Kulturteil ist ein Bericht über den gestrigen Eröffnungsabend des Festivals. Auf dem Foto dazu Thomas und einige andere vor dem übergroßen Festivalschriftzug. Vor zwei Tagen hat sie noch daran gedacht, ihm alles Gute zu wünschen, ihn dann aber nicht mehr gesehen. Am Abend ist sie direkt von der Musikschule zu einer Kollegin gefahren, die zum Abendessen eingeladen hatte, und in der Früh war Thomas bereits weg, als sie aufgestanden ist. In der vergangenen Nacht hat sie ihn nicht gehört, als er nachhause kam. Sie hatte die Eröffnung dann auch wieder vergessen. Der Kurator, steht unter dem Foto. Daneben der Direktor. Auch den Stadtpolitiker für Kultur hat Anne ein paar Mal getroffen. Auf dem Foto ist außerdem eine Frau in dem schwer zu schätzenden Alter zwischen dreißig und vierzig, die in der Bildunterschrift nicht genannt wird. Sie scheint etwas auszurufen und hat eine Hand gehoben, um sich im nächsten Moment die Haare zurückzustreichen. Eine zweite Frau kommt Anne bekannt vor, eher in ihrem Alter, ein rotes Brillengestell und sehr kurzes Haar, auch sie unbenannt. Thomas schaut in Richtung des Fotografen. Anne kennt seinen Blick, wenn er bemüht ist, nichts zu überhören, niemanden zu übersehen. Den ganzen Abend lang wirkt er herzlich, aufmerksam, gelassen. Später wird er sagen, er könne sich nicht an den Inhalt auch nur eines einzigen Gesprächs erinnern. Ein bärtiger Mann betritt das Lehrerzimmer. Der Fagottkollege, der in diesem Semester nur zwei Schüler hat und deshalb im Büro der Musikschule aushilft. Er setzt sich zu Anne und sieht den Artikel über die Eröffnung. Ob sie dort gewesen sei? Anne verneint. Seit Jahren nicht mehr. Das ist seine Arbeit, sagt sie, was soll ich dort. Der Fagottkollege nickt.

Halt, sagt Anne. Ihre rechte Hand stellt sich nicht nur auf, sie hebt sich ein Stück vom Oberschenkel. Halt, wiederholt sie, ihre Hand hebt sich noch ein wenig und würde das Mädchen am Weiterspielen hindern, wenn es nun nicht abgebrochen hätte. Es glitscht über die Tonfolgen, die schnell und sauber sein sollten, und breitet sich in den langsamen Takten behaglich aus. Anne wartet, bis der letzte Ton verklungen ist, auch hier hat das Mädchen danebengegriffen. Du machst es dir leicht, sagt Anne. Das Mädchen rührt sich nicht. Du musst doch spüren, wie schlampig das ist, das spürt man doch. Anne atmet ein und zählt im Stillen ein paar Takte, ehe sie weiterspricht. Sie sitzt auf ihrem üblichen Platz neben der Schülerin. Das Mädchen hat den Kopf ein wenig zur Seite gedreht, nicht weit genug, um Anne anzusehen. Seit der ersten Stunde hat sie mit diesem Mädchen zu kämpfen, mit dem wortlosen Widerstand und der Wut, die es bisweilen überkommt. In der ersten Stunde hat es, als etwas nicht gelang, auf die Tasten gedroschen. So ungläubig ist Anne neben diesem Ausbruch gesessen, dass sie nicht eingriff, bis das Mädchen von selber aufhörte. Etwas Vergleichbares ist seither nicht vorgekommen, aber Anne spürt die Wut des Mädchens. Es schlägt auf die Tasten, anstatt sie anzuschlagen, alle Töne geraten ihm zu laut. Anne hat den Verdacht, dass die Dissonanzen, die es durch Verspielen erzeugt, dem Mädchen Befriedigung verschaffen. Vielleicht steigert seine Wut auch, dass Anne nicht die Geduld verliert. Sieh mal, sagt Anne, du musst die Töne getrennt voneinander spielen. Non-legato. Eine Taste loslassen, ehe man die nächste anschlägt. Anne spielt dem Mädchen zwei Takte vor, zeigt das Anschlagen und Absetzen mit überdeutlichen Bewegungen. Bis zur Coda nur die linke Hand, sagt Anne, und langsam. Das Mädchen ahmt ihre übertriebenen Fingerbewegungen nach, es hält die Töne jetzt zu lang. Anne lässt es gewähren. Sobald das

Mädchen alt genug ist, sich gegen die Eltern durchzusetzen, wird es mit dem Klavierspielen aufhören. Bis dahin liegt Annes rechte Hand auf ihrem Oberschenkel, die Muskeln angespannt, bereit, der Wut des Mädchens Einhalt zu gebieten. Sie streckt die Finger, bewegt das Handgelenk, um die Verkrampfung zu lösen. Seit einiger Zeit lackiert das Mädchen seine Fingernägel, heute ist es ein helles, beißendes Orange. Anne hat mit ihm gesprochen, hat gefragt, ob es lieber ein anderes Instrument spielen würde. Sie hat gesagt, es sei normal, am Anfang nur kleine Fortschritte zu machen. Im Gespräch ist das Mädchen höflich und unter der Höflichkeit unzugänglich. Es wolle kein anderes Instrument spielen, es sei mit den Eltern übereingekommen, Klavier zu lernen. Nach dem Unterricht macht Anne einen Umweg, um in der Musikalienhandlung Notenhefte abzuholen. Der Besitzer findet seit Jahren Gefallen daran, sie Madame zu nennen und den österreichischen Nachnamen, der slawischen Ursprungs ist, französisch auszusprechen. Einmal hat er Anne nach ihrem Mädchennamen gefragt. Sie hat den Kopf geschüttelt. Dann hat sie den Namen ausgesprochen und noch einmal wiederholt. So dürfe er sie aber nicht nennen, hat Anne zu dem Mann gesagt, sie habe diesen Namen abgelegt. Naturellement, hat der Besitzer der Musikalienhandlung gesagt. Er hat ihr die Tür aufgehalten, mit einer Verbeugung: Adieu, Madame. Heute ist er telefonierend im Hinterzimmer verschwunden. Auf Wiedersehen, sagt Anne zu dem Angestellten, der sie bedient hat. Sie quert den weiten Platz mit dem Wasserbassin in der Mitte. An einer Seite des Bassins sind Palmen in Kübeln aufgestellt und ziehen die Rundung des Beckens nach. Als sei ich ganz woanders, sagt Anne zur Freundin. Als würde nun ein Abend beginnen und man bemerkt es erst, wenn man Hunger verspürt, und der Abend wird zur Nacht, und auch das bemerkt man erst, wenn es ringsum ganz dunkel ist, aber man sitzt in einem Lichtschein, von einer Straßenlaterne oder einer Kerze auf dem Tisch. So ein Gefühl habe sie plötzlich gehabt, sagt Anne, bloß weil die Stadtverwaltung Palmen in Kübeln aufgestellt habe. Du bist urlaubsreif, sagt die Freundin.

Anne liegt auf der Seite, den Kopf schwer auf dem Polster, unverändert noch, wie im Schlaf, in ihrem Kinderbett. Hinter der Wand, in der Küche, sitzen die Eltern und trinken Kaffee. Anne hört es, wenn sie die Tassen abstellen. Die Mutter sitzt dicht an der Wand, Oberarm und Schulter dagegengelehnt. Wenn die Wand nicht wäre und Anne ein Stück nach oben rücken würde, läge ihr Kopf zwischen Vater und Mutter auf der Tischplatte. Anne mag die Stimmen der Eltern am Morgen. Die der Mutter ist brüchig. Der Vater klingt noch dunkler als sonst und räuspert sich. Unter der Bettdecke sind Annes Beine gebeugt, sie zieht sie weiter nach oben, vor den Bauch, wo es wärmer ist. Es ist Thomas' Stimme, die sie hört. Er telefoniert. Anne versucht zurück in den Schlaf zu gelangen. Sie hört Thomas lachen, verhalten, er weiß, dass sie hier liegt. Anne öffnet die Augen. Die Wand hier muss dieselbe Beschaffenheit haben wie die Küchenwand in der Wohnung ihrer Kindheit. Die Stimmen sind nahe und doch ist kein Wort zu verstehen. Nach einer Pause setzt Thomas erneut an zu sprechen, er verabschiedet sich, Anne erkennt es am Tonfall. Sie blickt auf Thomas' Nachtkästchen, darauf liegen Zeitschriften und eine Packung Magnesiumtabletten. Als Anne ins Vorzimmer tritt, nimmt Thomas seinen Schlüssel vom Haken. Bis heute Abend, sagt er und Anne sieht ihn im Türspalt lächeln, dann ist er weg. Er hat Regenjacke und Wanderschuhe getragen. Anne hat sich daran gewöhnt, auch am Wochenende morgens allein zu sein. Sie setzt sich mit der Zeitung, die Thomas ins Vorzimmer gelegt hat, an den Küchentisch. Als sie zuletzt mit ihm beim Frühstück gesessen ist, hat Thomas gesagt, sie solle doch etwas essen. Er hat gefragt, ob er ein Marmeladebrot für sie machen solle, und Anne hat genickt, obwohl sie nie ein Marmeladebrot isst, aber sie hat in diesem Moment verstanden, dass es eine Frau gibt, die er vor ihr verbirgt. Als das zum ersten Mal passiert ist, wollte Anne nichts mehr essen. Damals saßen sie in dieser Küche, in der ein anderer Tisch stand als heute, und Thomas legte seine Gabel hin und kam um den Tisch herum. Er setzte sich neben Anne, nahm mit ihrer Gabel Gemüse von ihrem Teller und hielt die Gabel dicht vor Annes Lippen. Er hob den anderen Arm, sie spürte eine Berührung im Nacken, dann warf er die Gabel hin und verließ die Wohnung. Anne begann erst wieder zu essen, als es die andere Frau nicht mehr gab, und Thomas begriff nicht, wie Anne wissen konnte, wann er log. Seitdem genügt es, dass Thomas sich darum sorgt, ob sie genug Nahrung zu sich nimmt. Anne steht auf und nimmt ein Joghurt aus dem Kühlschrank, schüttet Haferflocken und Leinsamen in eine Schüssel, verrührt das Joghurt. Ehe sie sich zurück an den Tisch setzt, schaltet sie die Stehlampe in der Ecke ein. Es ist ein trüber Morgen, im Innenhof tönt der Regen. Einzelne hellere Klänge, wie auf Blech, dann schließt sich wieder das Rauschen davor.

Er habe einen Flecken entdeckt, sagte Thomas vor vielen Jahren und wollte ihn Anne zeigen. Keinen Flecken Erde, sagte er, einen Flecken in der Welt. Er hielt den Wagen an einer erhöhten Stelle und sie blickten auf die Ortschaft hinunter. Eine Handvoll Häuser, weiß gekalkt, die Dachziegel in Erdfarben nachgedunkelt. Es gab ein Geschäft, in dem man Lebensmittel und Haushaltswaren kaufen konnte oder an einem der drei Tische sitzen und warten, bis der Regen nachließ. Der Kaffee war bitter und wässrig zugleich. Sie hatten sich im nassen Wald verlaufen, das Laub an den Bäumen war noch farbig, auf dem Boden faulte es als dichte Decke. Es gab keinen Weg mehr, stehenbleiben wollten sie nicht. Schließlich lichteten sich die Bäume und vor ihnen fiel das Gelände jäh ab. Dort drüben liege der Flecken, Thomas zeigte in die Landschaft. Anne hätte ihn in der anderen Richtung vermutet. Sie seien aus dem Westen gekommen, sagte Thomas. Sie denke aber nicht in Himmelsrichtungen, sagte Anne, wenn sie in eine Landschaft schaue. Vielleicht, wenn sie es aus der Luft sehen würde. Er setzte zu einer erneuten Erklärung an. Sie betrachtete den Farbverlauf des Waldes, der die Senke vor ihnen und die Hügel rundherum bedeckte. Das Bedecken war eine Bewegung, der Wald eine Herde von Tieren, so groß und dicht, dass man kein einzelnes ausmachen konnte. Nur ein Ziehen drang in den Körper wie die Nässe, die überall war. Anne nickte, sie glaube jetzt verstanden zu haben, und Thomas lachte. Er wusste, dass sie ihm nicht mehr zugehört hatte. Nirgends ein Mensch, sagte Anne, sieh dich um, keine Straße, kein Haus. Er machte eine wegwerfende Bewegung oder deutete irgendwohin. Sie mussten zusehen, dass sie zum Auto kamen, ehe es dunkel wurde. Es ist zehn Uhr vormittags, doch Anne scheint, mit dem stärker werdenden Regen nimmt auch die Helligkeit in der Wohnung ab.

Sie greift nach einem leeren Kuvert und einem Stift, um eine Einkaufsliste zu schreiben. Brot. Abends ist sie eingeladen, Thomas wird auswärts essen, wahrscheinlich kommt er erst morgen wieder. Eigentlich ist es nicht nötig, Einkäufe zu machen. Der ganze Samstag liegt vor Anne. Wenn im nächsten Semester ihr Freijahr beginnt, werden alle Tage so sein. Anne steht auf und geht ins Bad. Ihr fällt ein, dass sie sich vorgenommen hat, am Nachmittag schwimmen zu gehen, weil sie mittwochs nicht dazu gekommen ist. Außerdem wollte sie einige Musikstücke anhören, die Schüler gerne spielen würden. Sie wird wenigstens Brot, Käse und etwas Obst einkaufen. Du bist so diszipliniert, sagt die Freundin am Abend. Wenn man nicht außergewöhnlich begabt sei, bleibe einem nur die Disziplin, sagt Anne, beim Klavierspielen. Die Freundin lacht. Anne sieht ihr zu, wie sie Salatblätter zupft und in eine Schüssel fallen lässt. Die Freundin erzählt von einem Treffen mit ihrem geschiedenen Mann und Anne folgt ihren geübten Handgriffen. Die Freundin hat einen Sohn und ist eine gute Köchin. In einer Pfanne röstet sie Kerne. So sei es eben, sagt die Freundin. Sie reibt sich mit einem gekrümmten Finger die Stirn und streut dann die Kerne über die Salatblätter.

Erzähl doch was, sagt die Mutter am Telefon. Was soll ich denn erzählen, fragt Anne. Sie hat bereits erzählt, dass die Schülerzahlen im vergangenen Jahr wieder zurückgegangen sind, dass sie eine neue Leitung bekommen werden. Sie hat der Mutter versichert, dass ihre Stunden nicht gekürzt würden. Die Mutter sorgt sich trotzdem um Annes Arbeitsplatz. Gott sei Dank, sagt die Mutter, bist du nicht allein auf dein Gehalt angewiesen. Doch, ihr gehe es gut, antwortet sie der Mutter, auch Thomas gehe es gut. Natürlich arbeite er viel. Was sie heute noch machen werde? Nichts. Die Wohnung putzen. Eine Runde spazierengehen. Die Mutter fragt nach Thomas, Anne sagt, der sei nicht da. Verbringt ihr das Wochenende nicht miteinander, fragt die Mutter. Anne hört die veränderte Aufmerksamkeit in ihrer Stimme. Er sei beruflich unterwegs, sagt Anne, es ist ein Reflex, wie die Hand nach einem zu Boden stürzenden Gegenstand auszustrecken. Am Sonntagnachmittag seien der Vater und sie immer ausgegangen, um einen Aperitif zu nehmen, sagt die Mutter. Manchmal war Anne dabei und bekam ein Glas dunkelgrünen Minzesirup. Sie würde heute gern mit der Mutter einen Aperitif nehmen, sagt Anne. Im La Douceur einen Minzesirup trinken. Das wäre schön. Anne sagt, es tue ihr leid, dass sie nicht öfter bei der Mutter sein könne. Einen Moment lang hat sie darüber nachgedacht, noch heute in den Zug zu steigen, um morgen oder übermorgen mit der Mutter im La Douceur zu sitzen und ihr alles erzählen zu können. Irgendwann einmal hat Anne zu Thomas gesagt: Sag mir alles, weil sie wörtlich übersetzt hatte, womit man im Französischen seine Aufmerksamkeit ausdrückt. Thomas war von dieser Wendung begeistert gewesen und Anne hatte gesagt, das bedeute meist gar keine Vertraulichkeit.

Später an diesem Tag dreht Anne im Nieselregen Runden durch den Park. Alle zehn Minuten schaut sie auf die Uhr an ihrem Handgelenk, nach einer Dreiviertelstunde verlässt sie den Park durch einen höher gelegenen Ausgang. In der Gasse, die bergab führt, kommt ihr ein Kind entgegen. Es lässt seinen Blick nicht von Anne, bis sie aneinander vorbeigegangen sind. Anne dreht den Kopf, um dem Kind nachzuschauen. Es streckt eine Hand nach der Hausmauer aus und blickt nicht zurück. Anne jedoch sieht, als sie sich wieder nach vorne wendet, einen Mann und eine Frau auf sich zukommen. Sie erkennt den Mann, er ist Geiger, aber es ist lange her, dass Anne mit ihm zu tun hatte. Sie werden einander auf dem schmalen Gehweg ohne ein Zeichen des Erkennens ausweichen. Der Geiger lächelt. Als sie nur noch wenige Schritte voneinander entfernt sind, streckt er eine Hand aus. Der Geiger freut sich, er stellt Anne seiner Frau vor. Er nennt Annes Namen und lächelt noch immer und sie versucht sich an das Gesicht zu dem Namen zu erinnern. Sie muss doch heute Morgen in den Spiegel geschaut haben. Die Frau des Geigers lächelt und auch Anne sollte lächeln. Wenn sie sich bloß an ihr Gesicht erinnern könnte. Der Geiger fragt nach einem Kammermusikensemble, in dem Anne einmal gespielt hat. Sie hebt die Hand, berührt ihren Haaransatz, streicht mit den Fingern wie in einer unbewussten Geste von der Schläfe nach hinten, bis sie eine Spange ertastet und sich endlich erinnert, wie sie heute Morgen vor dem Spiegel ihre Haare hochgesteckt hat. Das Ensemble habe sich schon vor Jahren aufgelöst, sagt Anne und endlich lächelt sie auch, lächelt die Frau des Geigers an und fragt nach seinen Tätigkeiten. Der Geiger gibt keine Stunden mehr, das Unterrichten würde ihm sein Spiel ruinieren, sagt er, und dass er Glück habe mit seiner Frau, deren regelmäßiges Einkommen seine Unregelmäßigkeit ausgleiche. Anne kann sich nicht beherrschen, sie blickt über die Schulter zurück, die Gasse hinauf. Sie hält Ausschau nach dem Kind. Wenn sie nur seinen ernsthaften Rücken und die nach der Hausmauer ausgestreckte Hand noch einmal sehen könnte. Mehrmals dreht Anne sich auf dem Heimweg um. Von dem Kind ist nichts zu sehen, bloß die Dämmerung nimmt zu. Die Hälfte des Wohnzimmers, in der das Klavier steht, ist Annes Arbeitsplatz. Während sie ihre Unterlagen für die nächste Woche ordnet, kommt Thomas nachhause. Eine Weile hört Anne ihn herumgehen, dann kommt er ins Wohnzimmer und setzt sich auf das Kanapee. Er hat eine Zeitung mitgebracht, die legt er auf den niedrigen Glastisch. Wie geht es deiner Mutter? fragt Thomas. Er weiß, dass Anne jeden Sonntag um die Mittagszeit mit ihr telefoniert. Das Übliche, sagt Anne. Sie will Geschichten hören und kann nicht glauben, dass ich so wenig zu erzählen habe. Dann erfinde doch etwas, sagt Thomas.

An einem Abend im Juni setzt Anne sich ans Klavier. Die Hände liegen auf den Oberschenkeln, die Spitzen der Mittel- und Ringfinger berühren die Kniescheiben. Sie wüssten, wo anzusetzen ist, wenn Anne sie zu den Tasten heben würde. Sie atmet ein und nimmt die Hände von den Oberschenkeln, ein Stück nur. Die Töne des Tages sind in ihrem Körper, Anne spürt sie als Unruhe in den Schultern. Wieder und wieder gespielte und abgebrochene Melodien, verkehrt betonte Takte und unsaubere Anschläge stehen in ihr herum. Meist hilft es, Bach zu spielen, Fugen oder etwas aus den Goldbergvariationen. Eine halbe Stunde lang klingt ihr das eigene Spiel unausgeglichen und chaotisch, das Gehör gereizt von den vielen Misstönen der Schüler, dann beginnt es sich zu klären. Anne legt die Fingerkuppen auf die Tasten. Sie klopft leicht, ohne anzuschlagen. Zwischen jeder Fingerkuppe und jeder Taste spürt Anne Späne, fein und gebogen, wie sie beim Hobeln abfallen. Sie hebt die Finger und betrachtet die Tasten, auf denen nichts zu sehen ist. Ihre Finger sind ertaubt. Sie dreht die linke Handfläche zu sich und drückt den Nagel des Daumens in die Kuppe des Zeigefingers, bis der Schmerz sticht. Sie klopft wieder auf die Tasten, ohne anzuschlagen, spürt ein wenig mehr im linken Zeigefinger und dann das neuerliche Ertauben. Beim fünften Klopfen klemmt auch unter dem linken Zeigefinger wieder ein Span. Annes Finger sinken mit den Tasten ein, so schwer, dass kein Ton entsteht, einzig ein trockenes Seufzen von Luft. Anne betrachtet das unlackierte, weiche Holz an den Seiten der niedergedrückten Tasten. Jetzt hast du nicht mehr lang, hat Thomas vor einigen Tagen gesagt. Die Sommerkurse, hat Anne gesagt, fangen eine Woche nach Schulschluss an. Stimmt, das habe er vergessen. Als Anne ihr Freijahr plante, haben sie vereinbart, in diesem Sommer nicht wegzufahren, sondern während des Jahres ausgiebig zu reisen. Anne hat deshalb mehr Sommerkurse übernommen als sonst, außerdem kümmert sie sich um das Programm für die Konzerte, die an vielen Abenden stattfinden. Ein- bis zweimal in der Woche trifft sie nach der Arbeit Thomas, um essen zu gehen. In der Wohnung sehen sie einander kaum. Sie sitzen in einem Gastgarten oder auf der Terrasse eines Restaurants, die Hitze lässt auch abends nicht nach, und Thomas sagt, obgleich sie beide hauptsächlich arbeiten würden, sei es doch ein schöner Sommer. Wenn das Unterrichten immer so wäre wie in den Sommerkursen, sagt Anne. Die Schüler haben hier ein ganz anderes Niveau. Thomas spricht von Schwierigkeiten bei der Finanzierung des Festivals. Es sei unsicher, ob sie bestimmte Gelder weiter erhalten würden. Es habe doch letztlich immer geklappt, sagt Anne. Seit dem ersten Jahr des Festivals höre sie, die Finanzierung wackle. Trotzdem, sagt Thomas. Das kommende Jahr werde intensiv. An den Wochenenden fährt er oft weg, Anne unterrichtet meistens auch an den Samstagen. Einmal ist Thomas für zehn Tage verreist und sagt nichts weiter dazu. Anne weiß, wie kurz die Sommerwochen sind, und ist dennoch erstaunt, als der September gekommen ist. Man bedankt sich bei ihr und bittet sie, im nächsten Jahr wieder das Konzertprogramm zu übernehmen. Die Kollegen wünschen Anne alles Gute für das Freijahr und die Arbeit an ihrem Lehrbuch. Vor allem aber solle sie die Zeit nutzen, um selber zu spielen.

Nur nicht hasten, sagt Anne, als eine Frau an ihr vorbei in die Straßenbahn drängt. Nichts ist ihr im Deutschen gewisser als die Sätze, die sie im Unterricht so oft verwendet, immer dieselben. Möglicherweise sind seit zehn oder fünfzehn Jahren keine neuen mehr dazugekommen. Als sie zu unterrichten begann, fürchtete Anne ihre Schüler, die am Klavier nichts konnten, ihr aber die Sprache voraushatten. Sie war so darauf bedacht, nichts falsch zu verstehen und selbst keine Fehler zu machen, dass sie mehr auf die Sprache als auf das Spiel achtete. Bei jedem neuen Schüler bestand die Gefahr, dass er einen ihr fremden und unverständlichen Dialekt sprach. Es schien unzählige dieser regionalen Einfärbungen zu geben, von denen jede für Anne wieder wie eine neue Sprache klang. Jeden Abend die Erleichterung, nachhause zu kommen und mit Thomas sprechen zu können. Sein Deutsch war das ihr vertraute, sein Rhythmus und seine Aussprache waren für Anne die klarste und der geläufigste. Jemand hat einmal gesagt, wenn man mit ihnen beiden spreche, könne man hören, dass Annes Deutsch von Thomas geprägt sei. Derjenige hat es wohl freundlich gemeint. Für Anne war es ein Schlag gegen den Kehlkopf. Eine Zeitlang hat sie nur das Allernötigste gesprochen. Wenn sie das Wort an Thomas richtete, geschah es auf Französisch. Damals passierte ihr das noch, unwillentlich, wenn sie sehr in Gedanken war, und Thomas sagte dann, oui, oui, oder, naturellement, und wartete darauf, dass sie sich amüsiere und ins Deutsche wechsle. Nachdem sie aber erfahren hatte, dass es tatsächlich seine Sprache war, die sie sich angeeignet hatte, sprach sie ihn absichtlich auf Französisch an. Einmal antwortete sie auf sein oui, oui, er hätte sich schließlich auch bemühen können, ihre Sprache zu lernen. Nom de dieu, sagte sie am Schluss, ein Fluch aus ihrer Kindheit, den sie wohl selbst nie verwendet hatte, der sie überraschte und ihr doch so selbstverständlich über die Lippen gegangen war. Dazu stellte sich das Bild eines großen Mannes ein, mit einem gelblich grauen Schnauzbart und von rührender Freundlichkeit. Die Eltern hatten ihn gekannt, Hercule, auch der Name war selten geworden. Thomas sah sie verunsichert an. Was ist los? Sprachprobleme, sagte Anne und strich ihm über die Wange. Sie weiß, dass es sich bei dem Deutsch, das sie teilen, nicht um seine persönlichste Sprache handelt. Seine intimste Sprache ist der Dialektsingsang, in den er nur sehr selten verfällt, um sich alsbald wieder herauszureißen. Außerdem gibt es einen allgemeinen österreichischen Dialekt, den er spricht, wenn er nicht sein Hochdeutsch hervorkehren will. Das hat er Anne erklärt, als sie ihre Ausfahrten unternahmen, in der Zeit, da Anne zu unterrichten begann. Sie erinnert sich an das Auffahren auf die Autobahn. Als sei sie entkommen. In ihrer Erinnerung ist es immer Herbst, wenn sie aufs Land hinausfuhren. In ihrer Erinnerung hat sie damals nur für diese Fahrten hinaus gelebt, obwohl sie zuvor jahrelang in der Stadt gewohnt hatte, in Paris und dann in Wien, ohne jemals das Bedürfnis nach einer Landschaft zu verspüren. Dann hat sie zu unterrichten begonnen und die Wochentage wurden zu einer einzigen Beherrschung, bis endlich der Samstag erreicht war und sie in diesen Wagen steigen konnte, auf den Beifahrersitz. Anne wollte das Auto nicht lenken, sie wollte zusehen, wie sie zunächst durch vertraute und dann durch unbekannte Teile der Stadt fuhren. Jedesmal machte Thomas verschiedene Vorschläge, Anne stimmte wahllos einem zu und er erklärte ihr, wohin sie fahren würden. Er forderte sie auf, eine der Landkarten aus dem Handschuhfach zu nehmen. Annes Ziel aber war nicht die geographische Kenntnis dieses Landes, sie wartete darauf, dass sie auf die Autobahn auffuhren und der Wagen beschleunigte, das abgründige Gefühl in der Magengegend einen Augenblick lang. Thomas sagte, sie könne sich mit Hilfe der Landkarte zurechtfinden, und Anne mochte diesen Ausdruck sehr. Für sie hatte das allerdings nichts mit Landkarten zu tun. Sich zurechtfinden begann mit dem Einsteigen in den Wagen. Wenn sie eine Weile gefahren waren, ohne dass Anne die Landkarte studierte, wenn sie den Wagen geparkt hatten und Anne nicht einmal wusste, ob sie noch im selben Bundesland waren oder ihr unbekannte Grenzen passiert hatten, wenn sie bereits ein Stück gegangen waren und Anne sich umsah und über die Baumkronen, den Waldrand, die Linie des Hügels, das Feld und den Horizont darüber nicht hinaus denken konnte, weil ihr die nötige Kenntnis fehlte, dann hatte sie sich wieder einmal zurechtgefunden. So wie sie sich später am Ende eines Unterrichtstages mit Bach zurechtfinden würde. In irgendeinem Dorf haben sie den Wagen geparkt, sind eine asphaltierte Straße entlanggegangen und vor einem der Häuser, die sich alle ähnelten, stehengeblieben. Durch die Stäbe des Eisentores sahen sie auf einen Vorplatz, der mit Steinquadern in Grau und Weiß gepflastert war. Das Haus gehöre Verwandten, sagte Thomas. Deiner Großtante, sagte Anne, nachdem er ihr die Verhältnisse erklärt hatte, aber er war sich nicht sicher. Doch, eindeutig, sagte Anne. Schweigend schauten sie weiter durch das Tor. Auch vor den Fenstern im Erdgeschoß waren Eisenstäbe. Die Sonne schien heiß. Willst du nicht läuten, fragte Anne. Nein, sagte Thomas. Sie gingen einen Hohlweg entlang, weg von den Häusern, über einen Hügel, an dessen Flanke sie einen Apfelhain fanden. Es war nicht mehr heiß, die Farben leuchteten dunkel. Möglicherweise vermischen sich auch zwei Ausfahrten, die in Annes Erinnerung durch diesen Hohlweg verbunden sind. Eine unerwartete Hitze im September und ein später Oktobernachmittag, die nichts miteinander zu tun haben, aber Anne hat das Bild aus dem Hohlweg bewahrt. Ein blauer Draht spannt sich zwischen Hagebutten. Die Bäume waren voller Äpfel von verschiedenen Sorten. Sie kosteten die Früchte, die im feuchten Gras lagen, und pflückten von denen, die ihnen am besten schmeckten. Bis obenhin füllten sie ihren Rucksack, es war still, die Gegend schien verlassen. Der Ernst und der Eifer, mit dem sie ernteten. Ohne einen Laut sprangen sie aus dem Stand, die Arme nach oben in die Zweige gestreckt.

Genieß den Herbst, hat Thomas gesagt, als Anne zum ersten Mal nicht wie sonst in die Musikschule gefahren ist. Sie solle nicht vergessen, weshalb sie sich für das Freijahr entschieden habe. Das Lehrbuch sei nicht das Wichtigste. Er hat in seine Ledertasche geschaut, die wie ein altmodischer Schulranzen aussieht, und die Brusttasche seines Sakkos befühlt, auf der Suche nach seinem Telefon, sich dann verabschiedet. Seither sitzt Anne mit ihrem Kaffee am Küchentisch. Es ist ein schöner Herbsttag. Die Sonne wirft auf die leuchtend weiße Fassade im Innenhof ein Schattenbild von Socken an einer Wäscheleine, die bewegen sich leicht, einer neben dem anderen. Eine ganze Feiertagsgesellschaft sitzt da auf einem Steg, der auf einen See hinausführt, dicht nebeneinander, und lässt die nackten Füße überm Wasser baumeln. Außen links sind Kinderfüße, halb so groß wie die anderen und weiter auseinander, das Kind sitzt breitbeinig und beugt sich hinaus, es will im hellen Wasser sich selbst gespiegelt sehen und darunter die kleinen Fische. Die Erwachsenen mit den großen Füßen sitzen ordentlicher, baumeln jetzt auch nicht mehr, weil der Wind sich gelegt hat. Rechts außen ein einzelner Fuß, größer als die Kinderfüße, kleiner als die der Erwachsenen. Ein junges Mädchen, das seitlich auf dem Steg sitzt, ein Bein aufgestützt, sodass der Fuß im Schattenbild fehlt. Anne ist auf dem Steg gesessen, allein, in einem Frühsommer. Der Gebirgssee war kalt und ihre Haut vom Wasser kühl, die Sonne deshalb lichtwarm, nicht brennheiß. Thomas schwamm weit draußen und vor dem Steg jagte ein Schwarm von Schwalben nach Insekten. Es wirkte weniger wie eine Jagd, war vielmehr eine Darbietung von Artisten. Immer war einer der kleinen Körper im Mittelpunkt und der waghalsigste von allen, ließ sich bis knapp über die Wasseroberfläche fallen und fing sich, mit der größten Leichtigkeit, wieder in die Luft hinauf. Anne trinkt, steht auf und spuckt den Kaffee ins Waschbecken. Schüttet den Rest aus der Tasse dazu und wirft die Tasse hinterher, die nicht zerbricht. Rasch verlässt sie die Wohnung, erst nachdem sie eine Weile gegangen ist, mit langen Schritten, lässt der Geschmack von Galle nach. Anne sieht sich um, sie kennt die Straße, die Geschäfte hat sie noch nie bewusst wahrgenommen. Ein Kaffeehaus, eines der berühmten, hundert Jahre alt oder noch älter. Anne hat Hunger, sie lässt sich ein Brot mit Käse kommen, und nachdem sie außerdem noch einen Kaffee bestellt hat, bereut sie, ihr Notizheft nicht mitgenommen zu haben. Es lässt sich hier gut nachdenken. Am nächsten Morgen zieht sich der üble Geschmack in Annes Mund bereits zusammen, als sie den Kaffee zubereitet hat und in eine Tasse gießen will. Sie lässt ihn stehen und geht nach draußen, versucht am Tag darauf erneut zum gewohnten Ablauf zurückzukehren. Bald ist die Übelkeit schon beim Aufwachen da und vergeht erst, wenn Anne die Wohnung verlassen hat. Sie gewöhnt sich an, vormittags zum Arbeiten ins Kaffeehaus zu gehen. Schließlich, sagt Anne zur Freundin, habe das in diesem Land angeblich Tradition. Regelmäßig lädt die Freundin sie zum Essen ein. Auf ihren Geschmackssinn kann Anne sich nicht mehr verlassen, sie traut dem Essen nur, wenn es von jemand anderem zubereitet wurde. Zuletzt hat sie eine Packung Rohschinken weggeworfen, weil sie nicht beurteilen konnte, ob der strenge Geruch normal war oder bereits verdorbenes Fleisch anzeigte. Sie hat auch aufgehört, Käse zu kaufen, weil sie ständig Schimmelflecken entdeckt und den guten vom schlechten Schimmel nicht mehr unterscheiden kann. Einige Male hat sie sich beim Käse überwunden und trotzdem davon gegessen, doch nach kurzer Zeit kamen das flaue Gefühl, das Ziehen, der enge Hals. Anne ist dazu übergegangen, bei dem italienischen Geschäft in der Nähe der Wohnung eingelegtes Gemüse zu kaufen, Auberginen, Zucchini, und immer nur so viel Brot, wie sie noch am selben Tag essen wird, schließlich nur noch einzelne kleine Panini. Meist verlässt Anne die Wohnung am Nachmittag noch einmal, um auswärts eine Kleinigkeit zu essen. Lass es dir gutgehen, sagt die Freundin. Wirklich gern habe Anne doch ohnehin nie gekocht.

Erst nach einiger Zeit begreift Anne, dass sie sich in dem alten Kaffeehaus so wohlfühlt, weil hier keine Musik aus Lautsprechern kommt, die von oben auf die Menschen gerichtet sind. In den meisten Bars und Restaurants spürt Annes Gehör die Lautsprecher auf, sobald sie sich gesetzt hat, sie braucht sich nicht mit Blicken zu vergewissern. Sofort nimmt sie auch wahr, um welche Art von Musik es sich handelt, manches ist so verschwommen, dass Anne es ausblenden kann, dann aber gibt es die Melodien, die dafür gemacht sind, ins Gehirn zu dringen und dort zu bleiben, Anne wird sie zwei oder drei Tage lang nicht mehr los. In dem alten Kaffeehaus gibt es keinerlei Musik. Anne hält die Arbeitszeiten ein, die sie sich vorgenommen hat. Vormittags sitzt sie zwei Stunden im Kaffeehaus und hat ihr Notizheft vor sich liegen. Sie will zunächst einmal nur ihre Erfahrungen aufschreiben, alles festhalten, was sie beobachtet hat. Wie die Entwicklung von Kindern mit dem Erlernen des Instruments zusammenhängt, wie sich gewisse Phasen, innere Kämpfe, Beziehungsprobleme im Spiel und im Unterricht zeigen. Wie schließlich mit dem Widerstand umzugehen ist, der unweigerlich irgendwann auftritt. Wie viele Kinder an diesem Punkt für das Spielen verlorengehen und ihrerseits das Spielen verlieren. Anne mag das Blau des Notizheftes nicht, sie freut sich darauf eines von anderer Farbe zu besorgen, wenn dieses hier vollgeschrieben sein wird. Die Nachmittage hat Anne dem Üben vorbehalten. Sie hat sich vorgenommen, von vorn anzufangen, und Etüden und die Schule der Geläufigkeit bereitgelegt. Sie stellt fest, dass alles, was sie häufig mit Schülern gespielt hat, ihr nur noch einzelne Takte sind, bestimmte Fingerfolgen, die den Schülern besonders schwerfallen. Es sind immer dieselben Takte und Fingerfolgen, die Anne wieder und wieder vorzeigen muss, um zwei oder drei Oktaven nach oben versetzt, wo sie neben dem Schüler sitzt. Anne stellt fest, dass die Stücke von diesem ständigen Transponieren nicht unberührt geblieben sind. Die Klangbilder, die Anne von ihnen hat, sind zerstückelt wie Gemälde, auf denen Körper und Gegenstände in einzelne Teile aufgelöst sind. Ein wildes Durcheinander, im Chaos erstarrt. Ungelenk gefügt sind die Elemente, weil Anne sie zu oft mit schräg gewandtem Oberkörper und ausgedrehtem Handgelenk gespielt hat. Anne fragt sich, was sie den Schülern eigentlich beigebracht hat. Jeden Tag setzt sie sich um vierzehn Uhr vor das Klavier. Jeden Tag verschiebt sich der Zeitpunkt, zu dem sie den Deckel öffnet, nach hinten. Sie weiß das wegen der Glocken, die gedämpft bis in die Wohnung dringen, sie weiß nicht, von welcher Kirche. Endlich heben die Hände den Deckel hoch. Anne betrachtet sie, hält die rechte und die linke nebeneinander über die Tasten. Es sind kleine Hände, sie greifen knapp eine Oktave. Anne hat ihre Hände lange nicht betrachtet. Sie weiß immer, wo sie sind. Die Hände versichern einander in regelmäßigen Abständen ihrer Anwesenheit, berühren sich, legen sich übereinander, verschränken die Finger. Anne spürt beständig ihre Fingerkuppen und die Fingerglieder, das geringste Geschwollensein in geheizten Räumen. Das Spannen, wenn die Haut trocken ist, die Höhlung der Handflächen, die Sehnen im Handgelenk. Aber angesehen hat sie ihre Hände lange nicht. Anne hat eine Etüde auf das Notenbrett gestellt, um sie vom Blatt zu spielen. Sie lässt die Hände sich auf die Tasten legen und richtet den Blick auf das Notenblatt. Die Hände bewegen sich nicht. Erst als Anne vom Notenblatt hinunter auf die Hände blickt, spielen sie die ersten Takte. Als Anne den Blick wieder zu den Noten hebt, verharren die Hände. Wie eine Anfängerin bemüht Anne sich, möglichst rasch zwischen Noten und Händen hin und her zu schauen, und die Hände benehmen sich, als hätten sie noch nie allein gespielt. Die Hände tun, als wüssten sie nichts, obwohl doch früher die Hände spielten, während es geschehen konnte, dass Anne vergaß, was gespielt wurde. Die Finger greifen daneben und Anne bricht ab, so wie sie bei Schülern mit einer Handbewegung und einem Halt abbricht, wenn diese sich ohne Rücksicht über die Tasten stürzen. Annes Schüler wissen schon bald, wenn die rechte Hand auf ihrem Oberschenkel sich aufrichtet und Anne Halt sagt, dann haben sie sofort zu unterbrechen. Wo bist du? fragt Anne. Ihre Hände legen sich zurück auf ihre Oberschenkel. Die Schüler lässt Anne oft eine Tonleiter spielen, langsam und genau, und noch eine, dann die Hände von den Tasten nehmen, atmen und erst dann wieder aufnehmen, wo sie unterbrochen hat. Sie setzt zu A-Dur an, sie mag die dunklere Färbung dieser Dur-Tonleiter. Sie sieht ihren Händen zu, wie sie auseinander laufen, und als sie nicht mehr beide zugleich sehen kann, stolpert der linke Zeigefinger über eine schwarze Taste, die Hand bleibt liegen, die rechte stockt. Anne nimmt sie beide von den Tasten. Sie hat sich immer darum bemüht, dass die Schüler ihr offen erzählen, wenn sie keine Freude am Spielen haben, wenn die Überwindung zum Üben zu groß wird. Sie blickt hinunter auf die Hände in ihrem Schoß.

Jeden Mittwoch packt Anne ihren Badeanzug und ein Handtuch, Duschgel und Badeschlapfen in eine Tasche aus Kunststoff und macht sich auf den Weg Richtung Schwimmbad. Im Bus dreht sie den Kopf weiter als nötig, um aus dem Fenster zu sehen. Sobald sie im Bus herumschaut, bleibt ihr Blick an einem der Bildschirme hängen und sie muss ihn losreißen, mit einem Ruck, wie Stoff von einem Nagel. Anne will im Bus nach vorne gehen, um durch die große Frontscheibe hinauszuschauen. Im Mittelgang steht ein Mann und hat seine Arme zu beiden Seiten ausgestreckt, die Hände in den Halteschlaufen über Kopf. Es ist kein Vorbeikommen an ihm. Seine Füße sind ohne Schuhe, aber nicht besonders schmutzig. Umso verwundbarer wirkt die bloße, weiße Haut mit den geröteten Stellen. Anne sieht die Anstrengung der Füße, sich in dem fahrenden Bus am Boden festzuhalten. Sie sieht auch den Hosensaum und den Knöchel darunter, noch weißer, und als sie nach oben schaut, dreht der Mann sich um und springt aus der sich öffnenden Tür nach draußen. Auch Anne steigt aus. Sie nimmt nicht die Straße, die der Barfüßige hinaufgerannt ist, sondern eine Gasse, die sich in ihrem Verlauf zu weiten scheint und tatsächlich zu einem Park hin öffnet. Der Park liegt an der Rückseite der Schwimmhalle. Die Fassade ist aus Glas, Anne sieht Gestalten in Badekleidung, helle Körper in der geheizten Halle. Die Bäume und Sträucher im Park sind nackt und dunkel. Anne weiß, wie sich die Wärme beim Betreten des Eingangsbereichs anfühlt, Mantel, Schal und Stiefel mit einem Mal unförmige Gewichte. Neben Anne fliegt ein Vogel aus dem Gebüsch. Ob der nicht schon im Süden sein sollte. Wenn sie die Vorderseite und den Eingang zum Schwimmbad fände, würde Anne eine Karte lösen und sich in der Umkleide vor einen der Spinde stellen. Die metallenen Kästen sind gelb, der geflieste Boden von einem sehr hellen Blau. Sie würde beginnen, ihre Kleidung abzulegen, den Mantel, den Pullover, den Rock, die Strumpfhose. Ihre Füße in die Plastikschlapfen stellen, das Leibchen ausziehen. Sie wäre allein in der Stille der Umkleide, die Geräusche aus dem Bad durch Glastüren gedämpft und doch hallend. Dann gäbe es ein Klacken, einen Luftzug und Schritte und eine Frau stellte sich vor einen der Kästen neben Anne, die ihren Büstenhalter und die Unterhose ausgezogen hat. Die beiden Frauen würden ein Grußwort tauschen und je einen Blick von der Seite. Die andere legt ihren Mantel ab, während Anne den Badeanzug über den Oberkörper zieht, die Träger an den Schultern richtet. Sie schiebt die Haare unter die Badehaube, die in Österreich nicht obligatorisch ist wie in Frankreich. Anne wappnet sich, als setzte sie außerdem eine Maske auf, ehe sie die Dusche über sich ergehen lässt. Das fröstelnde Hinaufsteigen in die Halle danach, im nassen Badeanzug, das Wasser im Becken feindselig kalt. Sie bleibt am Beckenrand stehen. An der Glaswand treffen das Halleninnere und der Park aufeinander, dort steht Anne, aus Versehen an der Rückseite des Schwimmbades, vor der hohen Glasfassade, die sie noch nie von außen gesehen hat. Nach den ersten Schwimmzügen ist das Wasser angenehm kühl, als auf der großen Uhr zwanzig Minuten vergangen sind, spürt Anne die Hitze im Gesicht. Sie stützt sich am Beckenrand mit beiden Armen auf und bewegt eine Weile nur sacht die Beine. Nachdem sie noch einmal geschwommen ist, steigt sie aus dem Becken, setzt sich auf eine der Bänke an der Glaswand. Bis ihr Atem sich beruhigt hat, schaut sie den anderen Schwimmern zu. Sie stellt sich dann unter die warme Dusche, trocknet sich vor dem Spind ab und zieht die Unterwäsche an. Setzt sich auf die schmale Bank, um die Füße zu trocknen, streift die Strumpfhose über, zieht den Rock an und die Stiefel, dann das Leibchen. Pullover und Mantel erst, wenn sie die Tasche fertig gepackt hat, schon jetzt ist ihr zu heiß. Im Bus zurück begegnet ihr niemand.

Wenn Anne schwimmen geht, hat sie spielfrei. Manchen ihrer Schüler sagt Anne, ein freier Tag in der Woche sei in Ordnung, aber dieser müsse feststehen und dürfe nicht nach Bedarf verschoben werden. Denen, die ohnehin faul sind, sagt Anne, man müsse ausnahmslos täglich üben. Sie weiß, dass die wenigsten Schüler täglich am Klavier sitzen. Thomas meint, es sei verkehrt, den Faulen keinen freien Tag anzubieten. Auf dem Rückweg vom Schwimmbad schaut Anne in der Blumenhandlung vorbei. Zuhause nimmt sie die verwelkten Blumen von dem Tischchen neben dem Klavier und wirft sie in den Müll, ordnet die frischen Blumen in einer Vase. An allen Tagen außer Mittwoch nimmt Anne, ehe sie sich ans Klavier setzt, die Vase von dem kleinen Tisch und geht damit in die Küche. Sie wechselt das Wasser und schneidet das untere Ende der Stiele ab, damit die Blumen länger halten. Thomas hat einmal gesagt, Anne behandle ihr Klavier wie ein Kavalier seine Angebetete. Sie hat dann hin und wieder einen zweiten Blumenstrauß für Thomas' Arbeitszimmer gekauft, meistens aber hat sie es vergessen und ist mit nur einem Strauß nachhause gekommen. Anne öffnet die Tür zu Thomas' Arbeitszimmer. Er hat aufgehört, die Couch jeden Morgen zusammenzuklappen und die Decke zu falten und gemeinsam mit dem Polster ordentlich auf eine Ecke der Couch zu legen. Die scharrenden Geräusche, die durch die Wand dringen, wenn er die Couch hochklappt und den einen Teil unter den anderen schiebt, hat Anne schon seit einiger Zeit nicht mehr gehört. Die Couch ist zum Bett ausgezogen, darauf ein Leintuch, die Decke zurückgeschlagen, die Polster zerdrückt. Zwei Polster sind es, und Anne erkennt eine normale Decke und eine dünne ohne Überzug. Ein Kratzen auf Metall fährt ihr in die Zähne, eine heftige Bewegung vor dem Fenster. Auch Anne macht eine Bewegung, zur Abwehr, schlägt dabei mit dem Handgelenk gegen die Türkante und begreift, dass eine Taube vom Fensterbrett aufgeflogen ist. Sie schließt die Tür zu Thomas' Zimmer.

Natürlich hat er eine Affäre, sagt Anne. Die Freundin hat gefragt, wie es um ihre Reisepläne stehe, und Anne hat gesagt, Thomas stehe momentan nicht zur Verfügung. Ob er noch immer so viel arbeite? Das, hat Anne gesagt, und sein Liebesleben beschäftige ihn sehr. Die Freundin schaut sie verständnislos an. Anne versucht sich zu erinnern, was sie eben gesagt, ob sie Französisch gesprochen hat, ohne es zu bemerken. Du meinst, dass er eine Affäre hat? fragt die Freundin. Natürlich hat er eine Affäre. Liebesleben, sagt Anne, was für ein komisches Wort. Gebe es das überhaupt? Mit wem? fragt die Freundin. Namen habe sie keinen, sagt Anne, aber das sei doch auch gleichgültig. Die Freundin überlegt. Ob Anne Beweise habe? Wenn es zu einer Scheidung käme, brauche sie Beweismaterial. Aber nein, sagt Anne. Ob sie hoffe, es werde vorbeigehen? Anne sagt, sie habe noch nicht an die Möglichkeit gedacht, es könnte nicht vorbeigehen. Schmeiß ihn raus, sagt die Freundin, du wirst sehen, wie schnell er zurückkommt. Anne findet die Situation bereits klischeehaft genug. Die Freundin wundert sich über ihre Abgeklärtheit. Ob sie eigentlich noch mit Thomas leben wolle? Darüber, sagt Anne, habe sie so noch nicht nachgedacht. Eine Scheidung mache natürlich alles viel schwieriger, sagt die Freundin. Das sei verrückt, sagt Anne, wenn man bedenke, dass die Heirat damals alles einfacher machen sollte. Und von dem Geld, das sie fürs Heiraten bekamen, haben sie das Klavier gekauft. Wir haben die Wohnung angezahlt, sagt die Freundin. Ob man heute auch noch Geld bekomme? Anne weiß es nicht. Jedenfalls könnten sie sich keine Wohnung mehr leisten. Der Sohn der Freundin beginnt nächstes Jahr zu studieren, sie weiß noch nicht, wie sie ihm eine eigene Bleibe finanzieren soll. Sie wolle aber doch, dass er selbständig werde. Bald werde es sein wie in Italien, wo die Kinder nicht von daheim ausziehen können. Als es schon spät ist, fragt Anne die Freundin, wie sie das mit dem Beweismaterial gemeint habe. Wenn du nichts beweisen kannst, sagt die Freundin, bekommst du am Ende überhaupt nichts. Und das sei schließlich nicht gerecht, wenn Thomas sie betrüge. Betrügen, sagt Anne. Ja, schon, sagt die Freundin. Wie gut kannst du von deinem Gehalt allein leben? Mit Sicherheit nicht im selben Bezirk, sagt Anne und lacht ein wenig. Siehst du, sagt die Freundin. Jedenfalls könne sie ihr ein Büro empfehlen, das Nachforschungen anstelle. Die Freundin nennt einen Namen und eine Straße. Ich weiß, wo das ist, sagt Anne, die Gegend kenne ich. Aber letztlich könne man das doch alles nicht ernstnehmen. Die Freundin antwortet nicht. Zum Abschied sagt sie, Anne solle wenigstens Aufzeichnungen über ihre Verdachtsmomente führen.

Am nächsten Tag bekommt Anne im Kaffeehaus nur mit Mühe einen freien Tisch. Es ist Sonntag, die Menschen haben Zeit, sie frühstücken und sind laut. Anne kann keinen der Stammgäste entdecken. Sie trinkt ihren Kaffee und geht wieder, ohne etwas zu essen. Sie will einen Spaziergang unternehmen zu der Adresse, die die Freundin genannt hat. Den runden Platz, an dem sich drei Gassen treffen, kennt Anne. In einer der Gassen hat sie gewohnt. Die geht sie entlang, bleibt schließlich stehen und schaut auf die Außenwand des Hauses, in dem ihre Wohnung war. Diese Wand allerdings hat Anne noch nie gesehen. Das Gebäude steht nach hinten versetzt, ein zweites Haus davor hat früher die Sicht verstellt und ist nun nicht mehr da. Stattdessen eine Baustelle, auf der niemand arbeitet. Sonntagsruhe. Im obersten Stockwerk hängt klein und ausgesetzt ein Balkon, Annes ehemaliger Balkon, der einzige an diesem Haus. Vom Balkon aus sah man den Himmel, die Dächer, die den Innenhof begrenzten, zwei Kirchturmspitzen. Die Sonne schien direkt auf den Balkon, aber einen Blick über die Stadt hatte man nicht, wegen der Dächer rundherum. Zu Annes Wohnung gelangte man über zwei verschiedene Stiegenhäuser und ein niedriges Dach mit Teerpappe dazwischen. Erst nach zwei Monaten hat Anne entdeckt, dass ihr Haus auch einen eigenen Eingang hatte, allerdings in der Gasse dahinter. Sie hat sich nie bemüht, die Ausrichtung ihres Balkons mit den umliegenden Straßen und Gebäuden abzugleichen. Es wäre nett, sagte einmal jemand, ein Tischchen und Sessel aufzustellen. Kräuter könnte man züchten. Wenn sie allein war, saß Anne auf dem Fliesenboden und hielt das Gesicht in die Sonne. Sie öffnete die Augen, sah den Himmel mit den Kirchturmspitzen, ein paar Dächer von hohen Gebäuden in der Ferne, und wunderte sich, wie dieses ausgefranste Panorama zusammenpasste. Sie konnte sich ihren verborgenen Balkon an verschiedene Orte denken, und ohne Sessel und Kräutertöpfe war es auch möglich, zufällig hierhergeraten zu sein und sich eingenistet zu haben. Ein Mann kam zu ihr, den führte sie auf den Balkon hinaus. Er stand neben ihr und sah sich um, deutete über das Dach nach vorne. Dort ist der Hauseingang, richtig? Er deutete weiter, benannte die Kirchturmspitzen und erklärte Anne, wo sich der Park befand, in dem sie gern spazierenging, die Straßenbahnschienen, der Platz mit dem Brunnen. Anne betrachtet die schmucklose Fassade und den einzelnen Balkon ganz oben, eine ebenso schmucklose Metallkonstruktion. Die Fenster haben keine Fensterbretter, über jedem von ihnen steckt eine schmale Metallschiene in der Wand, wie grotesk kurze Augenbrauen bei einem Menschen. Auch das hat Anne nicht gewusst, als sie hier wohnte. Sie versucht sich an den Mann mit den Fingerzeigen zu erinnern, aber er ist nur eine Gestalt aus den Augenwinkeln, der ausgestreckte Arm, kein Gesicht, auch keine Stimme, an der sie ihn erkannt hätte.

Am Montag ist im Kaffeehaus die übliche Ruhe eingekehrt. Anne sitzt vor ihrem Notizheft. Ihr fällt nichts ein, was mit dem Unterricht zu tun hätte. Sie denkt an das Büro, das Nachforschungen anstellt, und an das Haus, in dem sie einmal gewohnt hat, ohne zu wissen, wie unschön seine Fassade ist. Das unschöne Haus scheint ihr mehr Beweismaterial zu enthalten. Heute ist die Baustelle in Betrieb. Quer über die Gasse steht ein Tankwagen mit der Aufschrift Silotransporte, der ein Dröhnen verbreitet, jedoch keinen unangenehmen Geruch. In Annes Verständnis hat das Wort Silo etwas mit Landwirtschaft und Düngung zu tun, rätselhaft ist es ihr in Verbindung mit einer Baustelle mitten in der Stadt. In welchem Jahr hat sie hier gewohnt? Anne überlegt, als wäre es wichtig, herauszufinden, welcher Mann da neben ihr gestanden ist und in alle Richtungen deutete. Das Auslandsstipendium war bereits ausgelaufen. Unterrichtet hat sie noch nicht. Die Zeit dazwischen. Manchmal konnte sie als Aushilfe in einem Hotelcafé spielen. Zuhause studierte sie Grammatikbücher, französische Zeitungen und Bücher hatte sie sich verboten. Sie wollte vorerst hierbleiben und brauchte Arbeit, dafür musste ihr Deutsch besser werden. Für einen Sprachkurs hatte sie kein Geld. Sie ging in einen französischen Film und schaute kein einziges Mal auf die deutschen Untertitel. Als sie den Kinosaal verließ, kam das schlechte Gewissen gekrochen. Anne betrachtet das Haus mit dem Silotransporter davor. Wahrscheinlich war es Albert, neben ihr auf dem Balkon. Sie überlegt, ob er wohl noch unterrichtet, aber nein, er muss längst in Pension sein. Ein fünfundsiebzigjähriger Mann. Einzelne Meisterklassen, das wäre durchaus möglich. Sie sei die Liebe seines Lebens, aber sie werde ihn verlassen, sie sei noch so jung. Nach dem Film hat Anne an der Bar im Kinofoyer einen Kaffee getrunken und in dem Gedränge hat sich Thomas neben sie gestellt. Du bist die Liebe meines Lebens. Vielleicht war der Satz in dem Film gesagt worden, den sie an diesem Abend beide gesehen hatten. Albert hätte eine Figur aus diesem Film sein können, er sagte ständig solche Sätze. Und er hat recht gehabt, sie hat ihn verlassen. Anne wendet sich von der Baustelle ab. Sie stellt sich vor, wie Thomas diese Sätze sagt. Du bist die Liebe meines Lebens. Aber du wirst mich verlassen. Du bist noch so jung. Bei den meisten Erinnerungen kann Anne sich nach so vielen gemeinsamen Jahren sicher sein, sie mit Thomas zu teilen. Ob er es war, der neben ihr auf dem Balkon gestanden ist und gedeutet hat, wird sie ihn nicht fragen. Es könnte ihn kränken, dass sie die Männergestalt da oben nicht zu bestimmen weiß.

Schamlos habe sie mit ihm geflirtet, hat Thomas später erzählt und Anne hat gesagt, niemals habe sie schamlos geflirtet. Raffiniert, hat Thomas sich korrigiert. Sie habe ihm den Kopf verdreht. Schon lange haben sie niemandem mehr die Geschichte ihres Kennenlernens erzählt. Als sie es zuletzt taten, hat Anne wie immer an dieser Stelle gelächelt, als hüte sie ein Geheimnis. Thomas kann erzählen, worüber sie gesprochen haben, dass Anne damals noch einen unwiderstehlichen Akzent gehabt habe. Sie weiß, dass es im Kinofoyer laut war und sie Mühe hatte, Thomas zu verstehen. Sein Sprechen war damals stärker vom Dialekt eingefärbt als heute. Sie erinnert sich daran, dass sie einer Freundin erzählte, es gebe ein bestimmtes Lächeln, das sich unerwartet und unberechenbar in seinem Gesicht zeige. Als da noch Fotos hingen, gab es im Vorzimmer an der Wand eines, das Anne gemacht hat. Sie ist hinter Thomas gegangen und hat die Kamera auf ihn gerichtet, ohne dass er es wusste. Als er den Kopf nach hinten wandte, um sich nach ihr umzusehen, hat sie abgedrückt. Sie steht vor dem Kino, das noch nicht geöffnet hat. Sie geht näher zur Glasscheibe, schirmt das Licht mit den Händen ab, um ins Foyer zu sehen, das umgebaut worden ist. Die Bar gibt es nicht mehr.

Wenn sie an die Oberfläche des Schlafes treibt, hört Anne, wie Thomas die Wohnung verlässt. Sie trinkt ein Glas Wasser, die morgendliche Übelkeit lässt auf dem Weg ins Kaffeehaus nach, dort kann sie dann eine Semmel essen. Während sie ihren ersten Kaffee trinkt, sitzt Anne untätig und schaut herum, wie auch die anderen Gäste um diese Zeit untätig sind. Erst später beginnen sie zu arbeiten. Anne nimmt an, dass sie arbeiten, wenn sie die flachen Geräte aufgeklappt vor sich auf den Tisch stellen. In Annes Tasche wartet das blaue Notizheft. Nach vielen Jahren hat sie wieder begonnen, die französische Zeitung zu lesen, die im Kaffeehaus jeden Tag bereitliegt. Zwei Stunden bleibt Anne im Kaffeehaus, manchmal zweieinhalb, dann geht sie auf Umwegen zurück zur Wohnung. Sie meidet die direkten Wege, die sie normalerweise abgeht, ohne es zu merken. Immer nimmt sie sich vor, eine Runde zu gehen, eine Schlaufe, zurück zur Wohnung. Sie hat eine ungefähre Vorstellung, macht aber an jeder Hausecke ihre Entscheidung davon abhängig, welche Straße ihr besser gefällt, wo die Häuser schöner oder an den Fenstern Blumenkästen sind. Versucht dann, weil sie weiß, dass es die falsche Richtung war, das an der nächsten Kreuzung wettzumachen, und gerät doch immer weiter aus der vorgesehenen Schlaufe. An manchen Tagen scheint sie nur zurück zur Wohnung zu gelangen, wenn ein öffentliches Verkehrsmittel sie dorthin bringt. Sie steigt dann irgendwo in einen Bus oder eine U-Bahn. Am Weg von der Station zur Wohnung stellt sie fest, dass ihr auch die üblichen Wege langsam unvertraut werden. Sie zögert, ob sie hier abbiegen oder doch die andere Gasse nehmen soll. Auch die Hände kennen sich nicht aus, die rechte deutet vage in die eine, die linke zaudert in die andere Richtung, beeilt sich dann, zurück zur rechten zu finden, um nicht alleingelassen zu werden. Die Hände fassen einander vor Annes Bauch, sie muss entscheiden. Zuletzt hat sie das italienische Geschäft gesucht und, als sie davor stand, begriffen, dass sie schon einmal über den kleinen Platz gegangen war, ohne ihn zu erkennen. Thomas hatte ihr eine Nachricht geschrieben, er komme früher, und Anne hat in dem italienischen Geschäft Brot und Käse, Wurst, Oliven und eingelegte Tomaten gekauft. Sie sind am Küchentisch gesessen, als sei dies eine der abendlichen Jausen, die früher entstanden, wenn sie sich zuhause trafen und weder kochen noch ausgehen wollten. Thomas hat gefragt, wie es sei, so viel Zeit zum Klavierspielen zu haben. Sie müsse sich das Spielen von Grund auf neu beibringen, hat Anne gesagt. Sie müsse damit anfangen, Tonleitern zu üben. Anne legte die Olive, die sie in den Mund genommen hatte, zurück auf den Teller, der Geschmack war säuerlich, vergoren. Sie beobachtete Thomas, wie er von den Oliven aß, ein Stück Brot, ein Blatt Schinken. Er lachte, weil er ihre Antwort für einen Scherz hielt. Und wie gehe es mit dem Lehrbuch? Anne sagte, das könne sie wohl erst schreiben, wenn sie sich das Spielen wieder beigebracht habe. Thomas nickte und nahm die Olive, die Anne zurückgelegt hatte, steckte sie in den Mund.

Alle paar Tage befeuchtet Anne das Ledertuch, das sie nur zu diesem Zweck verwendet, und tritt damit vor das Klavier. Sie öffnet den Deckel und beginnt bei den unteren Tasten. Immer wischt sie zuerst nur die schwarzen und in einem zweiten Durchgang die weißen Tasten. Selten entkommt ein Ton. Anne hat den Zeigefinger in das Tuch gelegt und streicht von oben nach unten über jede Taste. Bei den schwarzen Tasten verwendet sie drei Finger, fährt mit Daumen und Mittelfinger an den Seiten entlang und mit dem Zeigefinger über die obere Fläche. Wenn Anne zum zweiten Mal vom höchsten c zum tiefsten a hinaufgewandert ist, tritt sie noch einmal zur Mitte des Klaviers und setzt sich auf den Hocker, den sie nach hinten geschoben hat. Die Tasten sind zu weit entfernt, eineinhalb Armlängen. Es ist nicht nötig, sie so oft abzuwischen. Der Deckel bleibt nie offen, kein Staub kann sich auf die Tasten legen, kein Schmutz und kein Fett von Annes Fingern gelangt darauf. Sie berührt die Tasten nur noch durch das weiche Leder hindurch, damit kann sie nicht auch noch aufhören. Sie steht auf und schließt den Deckel, befeuchtet das Tuch erneut und wischt damit auch über den Deckel, wischt dann trocken nach. Hin und wieder schiebt Anne den Hocker weiter nach hinten und geht vor dem Klavier auf die Knie, um mit einem Baumwolltuch über die metallenen Pedale zu wischen. Anne spielt barfuß, ihr Klavier muss auf einem Teppich stehen. Sie trägt nur dann Socken zum Spielen, wenn es in der Wohnung sehr kalt ist. Das metallene Pedal hat eine Kühle, die abnimmt, je länger Anne spielt. Manchmal benutzt Anne eine Etüde, ein Stück ohne Pedal, damit dieses wieder an Kühle gewinnen kann. Sie versteht nicht, wie jemand mit Schuhen an den Füßen Klavier spielen kann. Die Schüler scheinen ihr am empfindsamsten, die im Unterricht von selbst die Schuhe ausziehen. Ihnen schlägt sie vor, es auch einmal barfuß zu versuchen, zuhause, wenn sie wollen. Den Kollegen erklärt Anne, dass der nackte Fuß mehr spüre und deshalb das Pedal feiner bedienen könne. Es ist die Kühle des messingfarbenen Pedals, die Anne als Untergrund ihres Spiels haben will. Sie schiebt den Hocker zurück ans Klavier, wäscht im Badezimmer das Tuch aus und legt es zum Trocknen auf das Fensterbrett.

Im Dunkeln horcht Anne auf die Wand, an der ihr Kopf liegt. Es arbeitet in der Wand, als schichte das Mauerwerk sich um, träge und beharrlich. Anne setzt sich auf und dann an den Bettrand. Sie ist ganz wach. Zuerst tasten die Zehen über das Holz, ehe der Ballen folgt, die Ferse. Anne tritt ins Wohnzimmer hinaus. In der Mitte der Nacht fahren keine Straßenbahnen und auch keine Autos mehr. Wenn jemand an den Hauswänden entlanggeht, sind seine Schritte lautlos. In der Küche sitzt Thomas. Mach kein Licht an, sagt er, als Anne auf die Schwelle tritt, die knackt, als würde etwas auseinanderbrechen. Sie setzt sich auf einen Sessel, der vom Tisch abgerückt steht, Thomas zugewandt. Legt die Hände in den Schoß, die rechte in der linken, die Handflächen nach oben geöffnet. Eine schattenhafte Bewegung vor Thomas' Gesicht, sie weiß, er schließt eine Hand über Mund und Kinn, dabei atmet er ein. Wie lange sind wir jetzt in dieser Wohnung, fragt Thomas. Fünfzehn Jahre, sagt Anne und weiß, es stimmt nicht. Zwanzig, sagt Thomas. Zwanzig Jahre. Du warst dreißig, sagt er. Ja, sagt Anne, du auch. Zwanzig Jahre, sagt Thomas, jeden Tag durch dieselbe Tür gehen, auf immer dieselbe Straße hinaus. Wir benutzen seit zwanzig Jahren dasselbe Bad. Es gibt Leute, sagt Thomas, die ziehen alle zwei Jahre um. Ich weiß nicht, sagt Anne, ob das helfen würde. Was würde es ändern, wenn du jeden Tag auf dieselbe andere Straße hinausgehen würdest? Thomas schweigt. Du hast natürlich recht, sagt er. Nichts. Anne bewegt die Finger ihrer rechten Hand, schließt sie zur Faust und lässt sie wieder auseinandersinken. Wo Thomas sitzt, ist die Dunkelheit jetzt durchlässiger. Er hat den Kopf zum Fenster gedreht. In Wahrheit, sagt er, sind wir langweilige Spießer. Spießer, wiederholt Anne, wer würde denn so etwas sagen? Sie blickt auf Thomas' Gestalt. Er richtet sich auf und schüttelt einen Arm aus, gegen das Fenster hin, aber Anne hat es gesehen, ein Gesicht, eine junge Frau, spöttisch und neugierig. Ein Mädchen. Willst du ausziehen? fragt Anne. Thomas ist aufgestanden. Es ist spät, sagt er. Es ist mitten in der Nacht, sagt Anne. Thomas steht vor ihr, aber vielleicht täuscht sie sich auch. Unmöglich, in dieser Schwärze zu sagen, was ein Körper und was ein Schatten ist. Sag mir, was du willst, sagt Anne. Sie hört die Türschwelle nicht knacken, er muss darüber hinweggestiegen sein. Als Anne aufsteht und aus der Küche geht, ist er nicht mehr da.

Im Bus Richtung Schwimmbad blickt Anne aus dem Fenster. Sie wartet auf die Station, an der sie aussteigen muss. Die Gegend kommt ihr vage bekannt vor, aber das sind nicht mehr die vertrauten Straßen und Geschäfte, an denen sie einmal in der Woche vorbeifährt. Eine Durchsage kündigt die Endhaltestelle an. Auf Wiedersehen. Anne steigt aus und sieht sich um. Sie beschließt, einen Spaziergang zurück zum Schwimmbad zu unternehmen. Die breite Straße führt nicht zu der erwarteten Querstraße, sondern an eine Mauer. An der Mauer entlang will Anne um das Gebäude herumgehen. Medizinische Fakultät, steht auf einem Schild. Hinter dem Gebäude muss die Straße sein, die sie sucht. Als sie das Gebäude der medizinischen Fakultät umrundet hat, befindet sie sich in einem anderen Stadtteil als gedacht. Sie glaubt aber zu wissen, dass in der Nähe ein großer Platz ist, von dem aus sie den Weg finden wird. Sie stößt auf einen Platz mit einem nie gehörten Namen und hat den Eindruck, in einer Stadt am Atlantik zu sein, Nantes wahrscheinlich. Niemand sonst scheint zu frieren, der Himmel ist neutral, die Gesichter der Menschen ebenso. Hüfthohe Betonblöcke sind rund um den Platz angeordnet. Anne verlässt Nantes mit raschen Schritten, gerät unerwartet auf die mehrspurige Straße, die sich rund um die Stadt legt, und tastet sich von hier aus zurück bis in eine Gegend, die sie tatsächlich kennt. Sie setzt sich ins nächste Café, um sich aufzuwärmen. Erst nach einer Weile bemerkt sie die Musik, in erträglicher Lautstärke. Anne bestellt Tee und ein Stück Kuchen. Die Schwäche, die sie verspürt, lässt sie befürchten, sie könnte das Bewusstsein verlieren. Zurück in der Wohnung legt Anne den trockenen Badeanzug in den Kleiderschrank und das unbenutzte Handtuch ins Regal. Ihre Badehaube räumt sie in die Schachtel, in der auch Thomas' Schwimmbrille liegt. Lange bleibt sie in der Dusche unter dem heißen Wasser stehen. Sie trocknet vor dem Spiegel ihre Haare, nimmt eine Pinzette zur Hand. Sie muss das Kinn heben und nach vorne recken, um die kurzen Härchen zu erwischen. Drei sind es, die immer an derselben Stelle nachwachsen. Wuchtig findet sie sich in dieser Pose, mit vorgerecktem Kinn, und fies. Ein Schurke. Der Schmerz beim Ausreißen der Haare treibt ihr Tränen in die Augen, der Schurke verschwimmt und wird unkenntlich. Thomas und sie sind sich auf einem Gehsteig gegenübergestanden, sie haben beraten, wohin sie sich nun wenden sollten. Die Nachmittagssonne fiel schräg, Anne spürte das Licht von der Seite, auf ihrem Gesicht. Sie hatte die Augen halb geschlossen und bemerkte trotzdem den Blick des Mannes, der im Vorübergehen auf ihr verweilte. Thomas betrachtete sie aufmerksam. Hast du da ein Haar, sagte er und strich mit einem Finger über Annes Kinn. Du hast da ein Haar, sagte er und lachte. Anne hob ihre Hand, drängte seine weg und erspürte mit der Fingerkuppe ein kurzes, hartes Haar, wandte sich ab. Also gehen wir. Sie nimmt ein Taxi, um zur Freundin zu fahren. Nein, sie könne nicht helfen, sagt die Freundin, Anne solle sich mit einem Glas Wein hinsetzen und sie unterhalten. Anne sieht der Freundin zu, wie sie die Sauce abschmeckt, Salz zugibt. Sie werde mit dem Schwimmen aufhören, sagt Anne. Heute sei sie, statt zu schwimmen, im Café gesessen. Die Freundin sagt, sie verstehe das gut. Sie nehme sich immer wieder vor, sich mehr zu bewegen, aber dann überkomme sie eine solch große, schwere, tiefe Müdigkeit. Groß und schwer und tief, sagt Anne. Sie lachen. Als Anne heute zurückkam, war die Blumenhandlung bereits geschlossen, und ihr war es egal, ob neben dem Klavier frische Blumen standen oder nicht. Die Freundin fragt nach Thomas. Es sei möglich, sagt Anne, dass sie nur noch mit einem Geist zusammenwohne.

Um die Mittagszeit ist Anne in ein Bistro gegangen und hat Toast mit Salat und Ziegenkäse gegessen. Weil sie keine Lust hat, zurück in die Wohnung zu gehen, hat sie noch einen Espresso bestellt und sieht den anderen Gästen zu. Die meisten von ihnen geben kleine Zeichen, die anzeigen, dass sie zurück an die Arbeit gehen. Ein Seufzen beim Aufstehen, manchmal ein Zusammenziehen der Schulterblätter im Rücken. Ein Nicken wie eine Aufforderung, zu einem anderen hin, ein trockener Tonfall, eine Bestimmtheit in den Bewegungen, die Müdigkeit überwindend. Anne schaut ihnen nach, sie beobachtet die Hände, die sich mit einer großen Natürlichkeit in die Hosentasche oder die Handtasche bewegen. Anne erkennt die Eigenständigkeit dieser Bewegung, sie kennt sie von ihren eigenen Händen. Beim Klavierspielen müssen die Hände eine Unabhängigkeit entwickeln, die so groß ist, dass man sie nicht mehr wahrnimmt und doch immer auf ihr Tun reagiert. Wenn sie das Bistro verlassen haben, verlangsamen die Menschen ihre Schritte und senken den Kopf, um auf das Telefon zu schauen, das ihre Hand aus der Tasche geholt hat und ihnen hinhält. Anne ist nun der einzige Gast. Der Kellner steht hinter dem Tresen, den Nacken gebeugt. Anne sieht den Scheitel im braunen Haar, der rechte Arm bewegt sich, auch er muss ein Telefon vor sich liegen haben. Sie wartet eine Weile, ob er aufsieht, schließlich nimmt sie einen Geldschein aus ihrer Börse, zieht ihren Mantel an. Sie legt den Geldschein auf den Tresen und sagt, stimmt so. Warten Sie, einen Moment, sagt der Kellner, aber Anne hat sich bereits umgedreht und verlässt das Bistro. Als sie in die Wohnung kommt, sitzt Thomas in der Küche. Anne stellt sich mit dem Rücken zum Herd, als würde sie sich anlehnen. Ihm seien einige Termine ausgefallen, sagt Thomas. Anne nickt. Ob sie Kaffee machen solle? Als sie eine Tasse vor ihn hinstellt und Kaffee eingießt, bedankt

Thomas sich und berührt ihren Oberarm. Es ist eine alte Geste, die Anne unvertraut geworden ist. Sie setzt sich ihm gegenüber. Ob er nicht gut geschlafen habe. Thomas nickt. Er hat sich zurückgelehnt und hält sein Telefon vor sich. Entschuldige, sagt er, ich muss nur kurz. Du bist schon wie meine Schüler mit deinem Telefon, sagt Anne. Smartphone, sagt Thomas. Er lächelt ein wenig, ohne aufzublicken. Anne sieht ihm zu, wie er die Finger über den Bildschirm bewegt. In dem Gerät sind Nachrichten. Fotos auch. Thomas tippt einige Male auf den Bildschirm. Anne könnte die Hand ausstrecken, sich über den Tisch beugen und nach dem Gerät greifen. Darin sind gemeinsame Wochenenden, Vorfreude und Vorwürfe, Beruhigungen, Wünsche für süße Träume, zärtliche Namen, eine Telefonnummer, eine Adresse möglicherweise. In dem Gerät steckt das Mädchen. Thomas' Finger bewegen sich rasch, er schreibt. Anne blickt von seinen Fingern hoch zu seinem Gesicht. Die Haut unter den Augen ist matt, von der bräunlichen Färbung, die sich einstellt, wenn er über einen langen Zeitraum hinweg zu wenig geschlafen hat. Mit dem Telefon trägt Thomas jedesmal, wenn er kommt, das Mädchen in die Wohnung. Das Telefon ist ein trojanisches Pferd, das Thomas ständig bewachen muss. Wenn er tief und fest schliefe, würde das Mädchen die versteckte Klappe öffnen und im Schutz der Dunkelheit die Wohnung erobern. Anne sieht das Gesicht des Mädchens vor sich, spöttisch und neugierig. Thomas kann lange ohne Schlaf auskommen, aber irgendwann muss auch er schlafen. Anne steht auf und nimmt seine Tasse, um sie ins Waschbecken zu stellen. Warte, sagt er, da war noch was drin, doch Anne hat bereits Wasser darüber laufen lassen. Entschuldige, sagt sie. Thomas winkt ab. Er trinke momentan ohnehin zu viel Kaffee.

Morgens verlässt Anne die Wohnung. Ihre Handtasche steht auf dem Hocker neben der Wohnungstür. Die Tür zu Thomas' Zimmer, das sie einmal Arbeitszimmer genannt hat, ist geschlossen. Als sie noch im Bett lag, hat Anne gehört, wie er die Wohnung verließ. Sie zieht die Schuhe an und macht im Vorzimmer das Licht aus. Immer wieder hat sie darüber nachgedacht, eine Katze aufzunehmen. Die bekäme jetzt morgens und abends zu fressen und wüsste in den Nächten nicht, wo schlafen. Beide Zimmertüren sind nachts geschlossen. Die Tage würde die Katze auf dem Fensterbrett verbringen, Ausschau haltend, ob nicht jemand von ihnen käme. Als Anne heute früh durchs Wohnzimmer gegangen ist, hat der Luftzug ihrer Schritte Flocken von Staub aus den Ecken geholt. Sie nimmt sich vor, heute früher wiederzukommen und staubzusaugen. Den Vormittag verbringt Anne wie alle Vormittage im Kaffeehaus. Sie trinkt einen Espresso und isst eine Semmel. Die ersten ein bis zwei Stunden im Kaffeehaus mag sie am liebsten. Die Menschen, die um diese frühe Tageszeit hierher kommen, tun das aus Gewohnheit. Erst später kommen andere, aus einem bestimmten Grund, um ihren Hunger zu stillen oder etwas zu besprechen, an ihren Geräten zu arbeiten. Sie bleiben nicht lang und werden unruhig, sobald sie ausgetrunken und aufgegessen haben. Aber noch sind nur die Gewohnheitsgäste hier, noch herrscht eine Einträchtigkeit, an der auch die Kellner teilhaben. In diesen Momenten schreibt Anne Sätze in ihr Notizheft, die mit dem Lehrbuch nichts zu tun haben. Sie bestellt einen zweiten Espresso. Das Kaffeehaus wird voller und lauter, auch die Kellner werden lauter und schneller, während die Gewohnheitsgäste still bleiben und bald nicht mehr zu sehen sind. Anne bedeutet dem Kellner, die Rechnung. Sie bückt sich nach ihrer Tasche, die sie auf dem Boden abgestellt hat, und kann nur knapp einem Mann ausweichen, der in diesem Moment an ihrem Tisch vorbeigeht. Sie richtet sich auf. Ihr Kopf ist auf Bauchhöhe der Menschen, die sich durch den Raum bewegen. Die Köpfe aller Sitzenden sind auf Bauchhöhe derjenigen, die herumgehen. Beugt man sich im falschen Moment zur Seite, läuft man Gefahr, eine fremde Leibesmitte zu berühren, an einen Bauch, eine Hüfte, ein Gesäß zu geraten. Anne sucht in ihrer Tasche nach der Geldbörse und sieht das Telefon aufleuchten. Thomas hat mehrmals angerufen, außerdem eine Nachricht geschrieben: Ruf mich an. Annes erster Gedanke ist, er will ausziehen, die Scheidung. Dann denkt sie an einen Unfall, an Krankenhaus. Dann an Krebs. Sie steckt das Telefon zurück in die Tasche und wartet, bis der Moment vorübergeht. Legt ihre Hände vor sich auf die Tischkante. Als habe man ihre Finger in der Hälfte entzweigerissen. Die vorderen Fingerglieder gefühllos, in den Mittelgelenken der Schmerz, wütend. Wenn er ausziehen wollte, würde er ihr das nicht am Telefon sagen, auch keine solche Nachricht schreiben. Wenn es um Scheidung ginge, hätte er auch keine Eile. Und im Fall einer Krebsdiagnose, nimmt sie an, würde er eher abends in der Wohnung warten, um mit ihr zu sprechen. Wenn er einen Unfall gehabt hätte, würde er nicht selbst eine Nachricht schreiben, und wenn doch, wäre der Unfall glimpflich ausgegangen. Die Fingernägel an Annes Händen sind lang, ihre Schülerinnen dürften sie so nicht sehen. Immer wieder muss Anne ihnen erklären und darauf bestehen, dass die Fingernägel für das Klavierspielen wirklich kurz zu sein haben. Thomas klingt erleichtert. Er bedankt sich für den Rückruf. Anne weiß nicht, was sie darauf sagen soll. Sein Bruder sei in der Stadt und werde bei ihnen übernachten. Ob Anne abends mit ihnen essen gehen würde? Thomas unterbricht sich: Wo bist du eigentlich? Anne sieht sich im Kaffeehaus um. Unterwegs, sagt sie. Darauf weiß Thomas keine Antwort. Er schlägt ein Restaurant vor.

Anne ist zu früh, Thomas kommt pünktlich. Er setzt sich, er legt die Hände auf die Augen und seufzt. Anne betrachtet den Übergang von Thomas' Kiefer zu seinem Hals. Die Haut hat angefangen nachzugeben. Als sei sie auseinandergedehnt worden. Thomas nimmt die Hände von den Augen und Anne löst rasch ihren Blick von seinem Hals. Wie geht's? fragt Thomas. Wie geht's, wiederholt Anne. Es müsste doch heißen: Wie geht es dir? Selbstverständlich, sagt Thomas, er atmet hörbar ein und zieht den Salzstreuer zu sich heran. Der Bruder umarmt Thomas und sagt, er sehe gut aus. Anne hat den Bruder lange nicht gesehen, er hat graue Haare dazu bekommen. Anne, sagt der Bruder, wie geht es dir? Sie lacht. Wie ihr das Freijahr bekomme, ob sie sich verjüngt fühle, wie als Studentin? Tatsächlich sei es, sagt Anne, als gehöre sie nicht mehr ganz zu den Erwachsenen. Aber zu den jungen Leuten naturgemäß schon gar nicht. Sie löse sich auf in einem Zwischenraum. Anne lacht. Meistens lacht sie viel mit Thomas' Bruder, wenn sie sich sehen. Immer wieder aber sehen sie ihn lange Zeit nicht, dann herrscht die Sorge vor und das Wissen um seine Schwermut. Einmal in der Woche will Thomas den Bruder am Telefon sprechen, darauf besteht er. Anne habe nicht Ferien, gibt Thomas zu bedenken, sondern arbeite an einem Lehrbuch. Selbstverständlich, sagt Anne und der Bruder macht freundlich kleine Augen, als wüsste er es besser. Später wird die Rechnung gebracht und Thomas tastet in den Taschen seiner Jacke nach der Geldbörse. Anne weiß, dass er seine Geldbörse in der Hosentasche aufbewahrt. Lass gut sein, sagt der Bruder. Er wolle sie einladen. Thomas hört auf zu tasten. Der Bruder betrachtet die Rechnung und nimmt zwei Geldscheine aus seiner Börse. Die Scheine hat er behoben, ehe er ins Restaurant kam, weil er sich vorgenommen hat, sie einzuladen. Immer schon hat er als der ältere Bruder weniger Geld, immer schon war Geld für Thomas selbstverständlich. Der Bruder gibt viel Trinkgeld. Unter den Brettern schwappt das schwarze Wasser. In einer Bootshütte ist Anne als Kind auf dem Bauch gelegen und hat durch einen Spalt hinuntergeschaut. Die Übelkeit hielt den ganzen Tag an. Danke, sagt Anne, das ist sehr großzügig von dir. Die grauen Haare lassen die abwehrende Geste des Bruders noch hilfloser wirken. In der Wohnung sitzt Anne mit ihm in der Küche, während Thomas Decke und Polster aus seinem Zimmer hinüber in ihres trägt und die Couch, die sein Bett ist, für den Bruder bereitet. Dann setzt er sich zu ihnen und sie trinken ein letztes Glas Wein und dann noch eines. Anne sieht zum dunklen Fenster hin. Worüber Thomas und der Bruder sprechen, ist ihr gleichgültig. Sie will nur die Stimmen hören, die zurück in die Vertrautheit gefunden haben, in der Rede und Gegenrede, Einwurf und Ausruf, Laute der Zustimmung und des Zuhörens, das Ins-Wort-Fallen und das Aneinander-Vorbei-Reden sich fügen, Variationen mit den immer selben Elementen. Anne ist wehmütig, sie will davon sprechen, dass diese Situation schon über so viele Jahre herüberreicht. Sie hat den Mund noch nicht geöffnet, da hört sie etwas vom Vorzimmer her, eine Bewegung, ein Huschen. Als sie hinüberschaut, ist nichts. Der Bruder steht auf. Anne rührt sich nicht. Thomas ist fahl vor Müdigkeit, oder es ist der Schatten des Lampenschirms, in den er sich zurückgelehnt hat. Sie haben den Moment dauern lassen, weil sie wussten, wäre er einmal vorüber, müssten sie sich gemeinsam in das Zimmer zurückziehen, das einmal das einzige Schlafzimmer war. Er ziehe sich zurück, hat der Bruder gesagt und ist in Richtung Bad gegangen. Anne räumt die Gläser vom Tisch. Sie weiß nicht, ob Thomas überhaupt noch da ist. In seinem Zimmer sitzt der Bruder am Rand der Couch. Anne wünscht ihm eine gute Nacht. Er hat die Arme auf die Oberschenkel gestützt und die Hände zwischen den Knien wie zum Gebet gefaltet. Ihren Gruß erwidert er nicht. Anne schließt die Tür und sieht in der Küche das Mädchen stehen. Es hat an den Weinresten genippt und schaut Anne aus dem Halbdunkel an. Schnell hebt sie die Hand zum Schalter und macht die Deckenlampe im Vorzimmer aus. Nun brennt nirgends in der Wohnung mehr Licht. Das Mädchen ist noch da, ein Nachbild auf der Netzhaut, eine Einbildung, die sich langsam verflüchtigt. Anne tastet sich an der Wand entlang ins Bad und putzt sich im Dunkeln die Zähne. Sie stößt sich an der Tür zum Schlafzimmer die Schulter und legt sich auf ihre Seite des Bettes, nahe an der Wand. Nach einiger Zeit stiehlt sich jemand zu ihr, ohne die leiseste Berührung und ohne einen Laut. Nebeneinander liegen sie ausgestreckt, Anne möchte etwas sagen. Wie geht's, könnte sie sagen, und wenn er antworten würde, wüsste sie, dass nicht ein Geist und nicht das Mädchen sich zu ihr gelegt haben. Sie wagt nicht, einen Arm auszustrecken. Die Luft in den Lungen wird ihr knapp, bis sie etwas vernimmt, ein schabendes Geräusch, seinen Atem, im Rachen gebrochen, und endlich weiß sie, dass er es ist, sein lebendiges Fleisch, Brust und Bauch, die Wärme zwischen den Schenkeln, das Knie mit der Narbe.

Wochenlang sind sie durch Frankreich gefahren. Beim Wandern in den Alpen sind Thomas' Knieschmerzen zum ersten Mal aufgetreten. In Paris waren sie nicht. Paris im Sommer, sagte Anne, sei vergeudete Zeit. Auf dem Weg in den Süden sind sie in einem Dorf, in dem es sonst nicht viel gab, in einem Restaurant eingekehrt. Sie saßen in dem Gastgarten unter alten Bäumen und Anne übersetzte für Thomas die Speisekarte. Als sie Schweinewangen auf Deutsch sagte, kam das auch ihr barbarisch vor, aber es sei eine Spezialität dieser Gegend. Sie tranken Weißwein dazu und Thomas suchte in dem kleinen Tontopf nach den Fleischstücken, die so zart waren, wie er es noch nie erlebt habe. Immer wieder fiel ihm ein, dass es sich um Schweinewangen handelte, und er spielte Entsetzen und Verzweiflung für Anne, die nach vorne gebeugt saß und über seine Darbietung lachte. Ihre Arme zwischen Brust und Tischkante, gekreuzt, die Handgelenke locker, die Finger entspannt. Thomas streckte einen Arm aus und legte seine Finger um ihr rechtes Handgelenk. Indem er auf seine schmerzlich glückliche Art die Lippen aufeinanderdrückte, drückte er auch seine Finger um ihr Handgelenk. Seine Scheu vor Annes Händen, immer fürchtet er, sie könnten Schaden nehmen. Nach zwei Tassen starken Kaffees fühlten sie sich noch immer so ausgelassen betrunken, dass auch Thomas den Wagen nicht lenken wollte. An so einem schönen Tag wolle er sie nicht umbringen, sagte er, und sie unternahmen einen Spaziergang rund um den Weiher in der Senke unterhalb des Gasthauses. Ein dünner Wolkenschleier legte sich vor den Himmel, ohne dass Anne es zunächst wahrnahm, bis schließlich kein Blau mehr zu sehen war. Die Beine schwer, ebenso ihre Augenlider. Sie empfand die Ernüchterung im selben Moment wie die Veränderung der Landschaft. Aller Glanz verschwunden. Im Kiefer das nervöse, unbestimmte Gefühl einer nachlassenden Betäubung. Anne weiß, dass die beiden Momente zusammengehören, auch wenn sie nicht einmal in derselben Jahreszeit verortet zu sein scheinen. Erinnert sie sich doch an das grüne Blattwerk der Bäume im Gastgarten, in das sie hinaufschaute, ein leuchtendes Dach, und dann an den Blick über den Weiher, unter schweren Lidern. Das ockerfarbene Schilfgras und das unter dem bedeckten Himmel farblose Wasser. Sie erinnert sich nicht, wer letztlich am Steuer gesessen ist. An einen Hund erinnert sie sich, der irgendwo entlang des Ufers auftauchte, sein Fell von einem hellen Braun wie die kurzen Halme auf einem abgeernteten Feld.

Aus der Haltung ist die Erinnerung gekommen. Nach vorne gebeugt, hat Anne die Arme zwischen Brust und Tischkante gekreuzt wie damals vor dem Topf mit den Schweinewangen. Nun lehnt sie sich zurück, legt die Hände in den Schoß, die rechte nimmt die linke auf. Der Mann am Nebentisch hat die Kellnerin herangewinkt. Für den Salat bezahle er aber nicht, sagt der Mann, der sei nicht frisch gewesen. Er habe ihn aus diesem Grund auch nicht aufgegessen. Der Mann deutet auf die Schüssel mit den Salatresten. Die Kellnerin sieht sich um. Sie müsse in der Küche nachfragen, sagt sie und will die Schüssel vom Tisch nehmen. Das interessiere ihn nicht, er habe es eilig. Sie solle die Rechnung hergeben, der Mann deutet auf den Beleg in ihrer Hand. Die Kellnerin sieht sich noch einmal um, als hoffe sie auf Hilfe, und nennt dann einen Betrag, eine Bewegung ihrer Hand, wie um den Beleg im letzten Moment zurückzubehalten, doch der Mann hat ihn schon an sich genommen. Er legt zwei Geldscheine hin, zieht seinen Mantel an und geht. Die Kellnerin betrachtet die Salatreste in der Schüssel. Sie ist sehr jung. Wahrscheinlich muss nun sie für den Salat bezahlen. Anne nimmt ihr Notizheft aus der Handtasche und schlägt es auf. Im Kaffeehaus ist heute, zu Beginn des langen Wochenendes, wenig Betrieb. An einen Spaziergang ist nicht zu denken. Seit zwei Tagen regnet es mit einer Heftigkeit, dass Anne scheint, einen solchen Regen habe sie noch nie erlebt. Er setzt das ganze Land und die Länder östlich davon unter Wasser. Ein Jahrhundertregen, der die Autobahnen flutet und Thomas festhält in dem östlichen Land, in das er gefahren ist, um irgendeine Zusammenarbeit auszuloten. Gestern hat er angerufen, um ihr zu sagen, dass an Fahren nicht zu denken sei. Es ergebe sich aber gar nicht schlecht, nun könne er hier noch ein paar Leute treffen. Anne konnte hören, dass er nach dem Telefonat irgendwohin zurückgehen würde, dass er sich eben entschuldigt hatte, er müsse nur kurz, wichtiges Gespräch. Wie es Anne gehe, was sie den ganzen Tag mache, fragte Thomas. Er klang versöhnlich. In seiner Stimme eine Aufmerksamkeit, die nicht ihr galt, sondern der Person, die auf ihn wartete. Er hat das Mädchen auf diese Reise mitgenommen. Anne wird in seinen Taschen nach Belegen suchen, wenn er zurück ist. Eine energische Frau betritt das Kaffeehaus. Sie hat einmal mit Thomas zusammengearbeitet oder tut es noch immer. Die Frau sucht jemanden, blickt über Köpfe und Gesichter, drückt einem Kellner ihren Regenschirm in die Hand. Thomas und das Mädchen haben sich in der Stadt im Osten unter eine breite Markise geflüchtet, die vor einer Bar ein Stück Gehweg schützt. Anne begegnet dem Blick der energischen Frau, einen Moment lang schauen sie sich direkt an. Die energische Frau zeigt kein Erkennen. Der Regen hat noch einmal an Heftigkeit zugenommen, man kann es hören, sein stetes Lärmen schließt sich dichter um die beiden. Thomas und das Mädchen haben sich an einen der Tische gesetzt, die unter der Markise aufgestellt sind, am Rand eines verlassenen Marktplatzes, über den man kaum hinweg sieht in der regendunklen Luft. Die grünen Dächer der Marktstände und der Himmel fließen mit dem Wasser ineinander. Thomas ist nach drinnen gegangen und kommt mit zwei Gläsern Bier zurück. Anne wird auf den Rechnungen die Anzahl der Getränke sehen, von der Sprache versteht sie kein Wort. Wir müssen, sagt das Mädchen, wohl für immer hier sitzenbleiben. Es staunt über den Verlust von Raum- und Zeitempfinden, in diesem fremden Land und diesem Regen. Eine alte Frau steht vor ihrem Tisch, tiefe Falten auf der Stirn und von den Nasenflügeln zu den Mundwinkeln, in einer wie glatt gespannten Haut. Sie hat ein Tuch übers Haar gebunden, keinen Regenschirm. Das Mädchen wundert sich, dass die Frau nicht völlig durchnässt ist. Später sieht es die Säume der langen weiten Röcke, schwer und dunkel vom Regenwasser. Thomas und das Mädchen lassen zu, dass die Frau ihnen aus der Hand liest.

Thomas stützt das Kinn in die andere Hand und hebt die Augenbrauen, das Mädchen erwidert seine Belustigung über den Tisch hinweg. Die Alte wird Thomas einen Geldschein stehlen, zusätzlich zu dem, den er ihr gibt, und das Mädchen wird sich über viele Jahre merken, was die Alte gesagt hat, als in dem Jahrhundertregen niemand außer ihnen dreien zu sehen war. Irgendwann wird es feststellen, dass es die Worte der Alten doch vergessen hat und nur noch weiß, dass Kinder darin vorkamen. Nichts anderes würde je eine Wahrsagerin zu einer jungen Frau sagen, auch wenn diese ein spöttisches Gesicht aufsetzt. Die Alte weiß besser als sie beide, wie tief ihre Worte unter den Spott dringen.

Anne schließt die Wohnungstür von innen, sie legt die Handtasche auf den Hocker, schaut auf das Telefon und steckt es zurück in das Seitenfach. An das Huschen aus den Augenwinkeln hat sie sich gewöhnt, manchmal erschrickt sie trotzdem, wenn in dem Moment, da sie den Mantel aufhängt, etwas durch die offene Tür ins Wohnzimmer verschwindet. Oder wenn sie sich umwendet und ihr ist, als sei die Tür zu Thomas' Zimmer eben noch offen gewesen und eilig geschlossen worden. Die Tür zu Thomas' Zimmer steht aber schon lange nicht mehr offen. In der Küche wäscht Anne das wenige Geschirr ab, das noch benutzt wird, als sie ein Scharren von Holz vernimmt. Sie dreht das Wasser ab, hält den Teller in den nassen Händen, schaut dann hinter sich. Sie weiß nicht, wie die Sessel noch vor einem Moment um den Tisch gestanden sind. Im Wohnzimmer fällt ihr Blick ohne Absicht auf die untere Regalreihe, wo die Schachteln mit den Fotos stehen. Eine Schachtel ragt über den Regalboden hinaus. Anne geht hin und rückt sie mit dem Fuß zurecht oder auch nicht. Immer öfter lässt sie die Dinge, wie sie sind. Meist weiß sie nicht mit Bestimmtheit zu sagen, wie sie vorher waren. Neben dem Kanapee liegt eine Zeitschrift auf dem Boden. Regelmäßig muss Anne sich wundern, dass sie die Zahnbürste nicht in den Becher am Waschbecken gestellt, sondern daneben auf die Waschmaschine gelegt hat, oder auf den Badewannenrand, ein anderes Mal neben die Abwasch in der Küche. Wenn sie schon in ihrem Zimmer im Bett liegt und gehört hat, wie Thomas in die Wohnung gekommen ist, wenn er im Bad war und es in seinem Zimmer still ist, steht Anne noch einmal auf, um aufs Klo zu gehen und in der Küche ein Glas Wasser zu trinken. Im Vorzimmer denkt Anne daran, dass die Taschen von Thomas' Mantel und Jacke und auch von den Sakkos, die er in der Garderobe aufhängt, geleert werden müssen.

Thomas selbst tut das nicht, er wirft keinen Kassazettel weg, auch wenn darauf nur eine Packung Hustenzuckerl verrechnet ist. Anne hat manchmal versucht, ihn nach dem Verlassen eines Geschäfts oder eines Restaurants dazu zu bringen, den Beleg in den nächsten Mistkübel zu werfen. Thomas ging auf das Spiel ein, doch wenn er die Hand mit der Rechnung über den Mistkübel hielt, konnte er nicht weiter und Anne sah sein zorniges Gesicht, ehe er sich abwandte, die Hand mit der Rechnung in die Tasche steckte und mit großen Schritten vorausging. Irgendwann wurde er langsamer, blieb schließlich stehen und wartete auf Anne. Mittlerweile bekommt man für jede Kleinigkeit Belege, und Thomas' Taschen sind immer schneller voll damit. Einmal in der Woche leert Anne die Taschen des Mantels, der Jacke und der Sakkos und geht mit zwei Händen voller Rechnungen, verschiedenfarbiger Notizzettel und Zuckerlpapiere in die Küche. Dort breitet sie alles auf den Tisch und sortiert es in drei Häufchen. Rechts die Notizzettel, auf denen bereits vergangene Termine festgehalten sind, dazu die Zuckerlpapiere sowie die unwichtigen Rechnungen. In die Mitte legt Anne die Restaurantrechnungen und links die Notizzettel, die noch wichtig sind oder die sie nicht zuordnen kann. Den Haufen mit den Zuckerlpapieren wirft Anne in den Müll, die übrigen Notizzettel steckt sie zurück in Thomas' Manteltasche. Die Rechnungen in der Mitte nimmt Anne mit in ihr Zimmer. Noch einmal geht sie ins Vorzimmer und holt aus ihrer Handtasche das Notizheft. Wenn das Mädchen abends in der Nähe von Thomas' Büro auf ihn wartet oder er es abholt, fragt Thomas das Mädchen, ob es schon gegessen habe. Natürlich nicht, lacht das Mädchen und Thomas sagt: Dann wollen wir dich einmal füttern. Anne sortiert die Belege zunächst nach Datum. Am Montag vor einer Woche hat sie zuletzt Buch geführt. Es gibt Belege, die mittags oder nachmittags ausgestellt wurden, oftmals in der Umgebung von Thomas' Büro. Es gibt Belege, die mehrere Kaffees, Mineralwasser, Tee, ein kleines Bier auflisten, das sind die Nachmittage, an denen Thomas in einem Lokal mehrere Besprechungen hintereinander abhält. Es gibt Belege über zwei Kaffees und immer wieder Rechnungen von einem Teehaus über zwei Kannen Jasmintee, von denen Anne nicht weiß, ob sie allein oder zu zweit getrunken wurden. Unter den Abendessen ist meist ein berufliches, an dem mehrere Personen teilgenommen haben. Diese Rechnungen steckt Anne später, ebenso wie die langen Nachmittage, zurück in Thomas' Tasche, damit er sie von der Steuer absetzen oder weiterverrechnen kann. Die Abendessen mit dem Mädchen überträgt Anne in ihr Heft. Wenn sie tief in der Nacht die Woche aufgearbeitet hat, verlässt Anne noch einmal ihr Zimmer, steckt die Geschäftsrechnungen zu den Notizzetteln in die Manteltasche und wirft den Rest zum Altpapier.

Das Mädchen flattert, es ist ein Vögelchen, mit zarten Flügeln und feinen Federn, ein wenig Flaum hat es noch aus Kindertagen, am Haaransatz, und weiche, leuchtende Wangen. An der unerschöpflichen Lebendigkeit des Mädchens kann man sich unmöglich sattsehen. Thomas ist sehr besorgt um das körperliche Wohl des Mädchens, das den ganzen Tag nur winzige Bissen von etwas isst, ein halbes Käsebrot, einen Becher weißes Joghurt, einen Apfel der Sorte Kronprinz Rudolf, das sind die kleinsten. Abends wird es lachend antworten: Natürlich nicht, wenn Thomas fragt, ob es schon gegessen habe. Das Mädchen freut sich, wenn Thomas es dann eilig hat, ihm etwas zu essen zu beschaffen. Es mag diese Dringlichkeit zu Beginn ihrer Treffen und die Nervosität, die von der Aufregung, ihn zu sehen, ausgelöst wird. Das Mädchen will Thomas nicht in sattem Zustand treffen, es fürchtet das Ausbleiben der Aufregung, die vielleicht nur auf nüchternen Magen möglich ist. Es muss sich zusammennehmen, um nicht zu flattern, mit Händen und Armen und Atem, und lacht und scherzt in einem Schwall, von dem Thomas sich überfordert zeigt. Er könne dem Mädchen nicht folgen, es bringe ihn ganz durcheinander, sagt er, aber das Mädchen weiß, Thomas wird unter ihrem Übermut lebendig, bis schließlich, nach dem Essen, das Mädchen ruhiger wird, ein wenig erschöpft. Doch dann hat Thomas sich bereits aus seiner Müdigkeit gelöst und plaudert und besieht das vom Essen warme Mädchen, das manchmal am Ende eines Lachens seufzt. Zwei Reiter, die nach einem Stück Weg, auf dem einmal der eine voraus war, dann der andere sein Pferd hat laufen lassen, endlich mit lockeren Zügeln nebeneinander her reiten, ins Gespräch vertieft. Und du bist früher wirklich oft geritten, fragt Thomas. Das Mädchen macht ein Gesicht, das Unmut ausdrückt. Erzähl, sagt Thomas. Manchmal, sagt das Mädchen, kommt mir vor, du möchtest mich jünger haben als ich bin. Du weißt noch gar nicht, sagt Thomas, wie jung du jetzt bist. Das Mädchen schaut auf die Serviette, die es an den Rand des Tisches schiebt. Lass uns zum Abschluss des Abends einen süßen Wein trinken, sagt Thomas, auf die Jugend. Anne wundert sich über den Dessertwein auf der Rechnung. Das Mädchen wird davon beschwipst. Komm, ich fahr dich nachhause, hat Thomas gesagt, ich bringe dich noch ins Bett. Wenn Thomas den Abend mit dem Mädchen verbringt, kommt er für gewöhnlich erst nach Mitternacht in die Wohnung zurück. Das Mädchen ist eingeschlafen, noch bevor er es verlassen hat, es hat einen guten Schlaf, um den Thomas es beneidet. Er hat sich angezogen, ist ins Bad gegangen und hat sich das Gesicht gewaschen. Mit nassen Händen hat er seine Haare geordnet und sich mit dem Handtuch des Mädchens abgetrocknet. In dem kleinen, engen Bad ist Thomas, als er sich umdrehte, gegen die Duschkabine gestoßen, Lärm von Plastik und Metall. Er hat ein Fluchwort ausgestoßen und gewartet, ob sich etwas rührt. Thomas weiß, wie er die Tür des Mädchens ohne ein Geräusch von außen zuzieht. Er weiß auch, wie er die eigene Wohnungstür möglichst leise öffnen kann. Anne wacht trotzdem auf. Sie hört den Schlüssel im Schloss. Es hilft nichts, dass er die Wohnungstür versperrt, das Mädchen ist längst hier. Anne hört zu, wie Thomas ins Badezimmer geht und aufs Klo, wie er dann die Tür zu seinem Zimmer schließt und sich von innen noch einmal dagegen lehnt. Schritte und Stille und noch einmal Schritte. Er schaut in seinen Computer und noch einmal auf sein Telefon. Er weiß nicht, dass das Mädchen bereits daraus entstiegen ist und den Weg zurück nicht mehr findet. Er weiß nicht viel, denkt Anne, und, während sie wieder einschläft, dass sie einmal mit Thomas über das Mädchen sprechen sollte.

Am Rippenbogen entlang tastet Anne nach hinten, bis sie knapp an der Wirbelsäule die Verhärtung spürt, die sie vor ein oder zwei Wochen zufällig entdeckt hat. Sie kann nicht ausmachen, ob das Kügelchen im Fleisch wuchert oder aus der Haut herauswächst. Anne sitzt am Rand der Badewanne, einen Arm um ihren Oberkörper gelegt. Sie hört jemanden durch die Wohnung gehen und spürt die Luft kühl auf der nackten Haut, als sie aus dem Bad ins Vorzimmer tritt. Kannst du dir etwas anschauen? sagt Anne auf der Schwelle zur Küche. Thomas stellt das Wasserglas ab, aus dem er getrunken hat. Setz dich, sagt er und macht einen Schritt zum Tisch hin. Anne hat die Arme vor der Brust gekreuzt und die Hände auf die Schultern gelegt. Es ist nichts, will sie sagen, bestimmt nichts, aber sie folgt seiner Bewegung und setzt sich. Thomas steht hinter ihr. Du musst mir schon die Stelle zeigen, sagt er. Anne schiebt das Unterleibchen hinauf und tastet. Hier. Thomas' Finger rückt ihren zur Seite und streicht über die Verhärtung, einmal von oben nach unten und einmal von unten nach oben, dann drückt er leicht. Das ist nichts, sagt er und zieht das Unterleibchen über Annes Rücken hinunter. Man sieht den Eiter, in ein paar Tagen kannst du das aufmachen. Anne streckt ihre Hand nach hinten, um die Stelle zu bedecken, und dreht sich herum. Thomas tritt von ihr weg und greift nach seinem Glas, er nickt beruhigend. Anne schüttelt den Kopf. Sie verlässt die Küche, sie läuft ins Bad, durchquert den kleinen Raum, bis sie ansteht, vor dem schmalen, hohen Fenster. Dreht sich herum und lehnt sich an, der Heizkörper an ihren Beinen. Anne geht in die Hocke, rutscht am Heizkörper nach unten. An ihrem Rücken das warme Metall. Die Bodenfliesen sind weiß mit dunkelblau geschrägten Ecken. Im Staub erkennt Anne kleine Fußabdrücke. Das Mädchen ist vor den Spiegel gehuscht und hat sich darin angesehen. Anne stellt sich dorthin, wo das Mädchen gestanden ist. Sie betrachtet ihren Haaransatz, die Lider, die Lippen. Die Haut am Hals und in der Vertiefung zwischen den Schlüsselbeinen. Die Oberarme. Unter den Achseln und im Dekolleté ist das Leibchen weit ausgeschnitten, der Stoff ausgeleiert. Auf der Höhe der Achseln verdickt sich das Gewebe zu Wölbungen und sinkt darunter ab. Die Brüste sind klein und doch zu schwer. Der dünn gewordene Stoff des Leibchens liegt am Bauch auf. Als Anne zurückkommt, sitzt Thomas am Tisch. Er hat sein Telefon vor sich liegen und tippt darauf herum. Thomas, sagt Anne. Er macht eine Bewegung, der Bildschirm verdunkelt sich, dann blickt er auf. Sie steht im Türrahmen und weiß, was er sieht. Auch er beginnt beim Gesicht. Hinunter über den Hals, die Schlüsselbeine, die Schultern. Die Oberarme, die Achseln, das zu Wölbungen verdickte Gewebe. Das Leibchen bedeckt die Brüste und den Bauch. Weiter reicht der Badezimmerspiegel nicht. Anne dreht sich um und geht in ihr Zimmer, sie will endlich schlafen. An der Grenze zum Traum bereits hört sie Thomas die Wohnung verlassen.

Das Mädchen öffnet die Tür. Thomas macht einen weiten Schritt hinein und drängt sich an das Mädchen, dem sein Ungestüm schmeichelt. Thomas will das Mädchen nackt sehen und zum Schein widersetzt es sich. Thomas stößt es aufs Bett nieder, das Mädchen sagt: Warte, warte. Es lacht und versucht sich aus seinem Griff zu lösen. Er hält das Mädchen fest. Seine Grobheit erregt das Mädchen. Immer wenn er es loslassen muss, um ein Kleidungsstück auszuziehen, will das Mädchen sich bewegen. Hältst du jetzt still, sagt Thomas, als das Mädchen endlich nackt ist, und das Mädchen schließt die Augen und hält still. Dankbar legt Thomas eine Hand zwischen die Schulterblätter des Mädchens. Er streicht an der Wirbelsäule entlang hinunter, über Kreuzbein und Steißbein, in die Vertiefung. Seine Fingerkuppen erinnern sich an sehr zarte Haut. Dünn war die Haut und wie mit einer Flüssigkeit gefüllt und wich unter seiner Berührung zurück, wie Anne zurückwich, wenn er nach den kleinen Wülsten an ihrem Anus tastete. Eine große Müdigkeit kommt über Thomas. Er streckt sich neben dem Mädchen aus. Dass sein Geschlecht klein und weich wird, kümmert ihn nicht, der Druck auf seiner Brust rückt den Rest des Körpers in weite Entfernung. Thomas atmet aus und wieder ein. Die Luft gelangt nur bis zum oberen Ende des Brustbeins. Neben sich spürt er das Mädchen. Das Mädchen streichelt ihn. Er stelle es sich als einen schönen Tod vor, beim Liebesakt mit ihr zu sterben, sagt Thomas. Er hat diese Vorstellung immer gepflegt. Nun ist da die Angst, sie kommt dem Tod zuvor. Die Rippen weiten sich nicht. Der Atem erschöpft sich am oberen Ende des Brustbeins. Thomas hält die Augen geschlossen. Mit jedem Atemzug gelingt es ihm, ein wenig tiefer einzuatmen. Er bemüht sich zu lächeln. Ein schöner Tod. Das Mädchen lacht. Es legt seinen Kopf auf Thomas' Brust.

Die Samstage sind schwierig und werden vor Weihnachten noch schwieriger. Morgens geht Anne ins Kaffeehaus, sie bemüht sich, möglichst früh dort zu sein, denn schon bald muss sie flüchten vor der Wochenendgesellschaft. An den Dezembersamstagen wird zum Frühstück viel Sekt getrunken. Die Geräusche von Gläsern und Tassen, aus der Küche, Sesselbeine, die geschoben und gerückt werden, Stimmen und Messer auf Tellerporzellan verdichten sich zu einer Tonlage, die Anne aus der Kirchenmusik kennt. Das Flehen um Erlösung. Kommen zu viele Geräusche zusammen, nimmt Anne sie nicht mehr einzeln wahr, es entsteht dann ein Klang. Das Flehen setzt sich in ihren Gelenken fort, zwischen Knorpeln und Knochen, es treibt Anne aus dem Kaffeehaus auf die Straße. An einem Sonntag, von dem sie im Radio gehört hat, dass es der dritte Adventsonntag ist, holt Anne eine Schachtel aus der Abstellkammer und setzt sich damit ins Wohnzimmer. Ein paar Kugeln wickelt sie aus dem schützenden Papier, tropfenförmige Gravuren auf Glas, eine Kugel wie mit Schnee bestäubt, rau unter den Fingerkuppen. Sie hätte Tannenzweige besorgen sollen, um den Schmuck daran aufzuhängen, wie sie es jedes Jahr macht, in großen Vasen. Daran denkt sie erst jetzt, als sei das lange her. Letztes Jahr hat sie es noch genauso gemacht. Die kleine hölzerne Krippe, die aus Thomas' Elternhaus stammt, hat Anne immer gemocht und vor dem Wohnzimmerfenster aufgebaut. Am dritten Adventsonntag baut man keine Krippe mehr auf. Anne ist froh, dass sie in diesem Jahr früher nach Frankreich fährt. Sie solle der Mutter schöne Grüße sagen, trägt Thomas ihr auf, und dass es ihm leidtue, dass er sich einfach nicht freimachen könne. Natürlich, sagt Anne. Mir hast du nicht erklärt, sagt sie dann, warum du nicht mitfährst. Du weißt es ja, sagt Thomas und will sich abwenden, als sei das Gespräch beendet. Anne sagt, sie wisse eigentlich nicht so genau, wovon er sich nicht freimachen könne. Dieser Lehrauftrag an der Filmschule, sagt Thomas und bleibt halb abgewandt. Aber sie wisse es doch. Anne verneint. Thomas schaut sie an. Weißt du eigentlich, wie viel ich arbeite, sagt er. Haben die keine Ferien an der Filmschule, fragt Anne. Ich muss den Kurs vorbereiten, sagt Thomas, dafür brauche ich Materialien. Es wäre außerdem völlig sinnlos, mit nach Frankreich zu fahren und dann nur zu arbeiten. Oder? Völlig sinnlos, sagt Anne. Außerdem sei es nun ohnehin zu spät. Am nächsten Tag nimmt Anne das Flugzeug nach Paris, um von dort mit dem Zug weiterzufahren. Ich war doch einmal jemand, sagt Anne beim Abendessen zur Mutter. Sie überlegt. Ich war doch einmal eine Person, die sich zurechtfindet. Oh ja, sagt die Mutter, du warst schon immer gut organisiert. Aber heute, sagt Anne, habe sie sich am Flughafen gefühlt wie eine Hinterwäldlerin. Die üblichen Schalter gebe es nicht mehr, ihr Gepäck habe sie selbst aufgeben müssen, mit dem Gerät habe sie nicht umgehen können, und schließlich habe ihr jemand geholfen, voller Verachtung. Die Mutter lacht und nickt, Anne ist nicht sicher, ob sie ihre Erzählung für erfunden hält. Ich komme ja nicht mehr weit herum, sagt die Mutter und klopft auf Annes rechte Hand, aber ich glaube nicht, dass es an dir liegt. Anne hat sich ein Zimmer genommen, wie sie es seit vielen Jahren tut, immer in derselben Pension. An einem Nachmittag ruht die Mutter sich aus und Anne legt sich im Wohnzimmer auf die Couch, um zu lesen. Aus der oberen Wohnung hört sie bedächtige Schritte, dann ist es wieder still. Mit einem Mal ist Anne sehr müde. Sie lässt die Hände mit dem Buch auf ihren Bauch sinken. Als die Mutter noch in der größeren Wohnung lebte, schlief Anne bei ihren Besuchen in dem Zimmer mit der Nähmaschine. Tief und fest schlief sie in diesem Zimmer, das viel zu klein war für all die Möbel und Dinge darin. Eine Zeitlang stand dort auch noch das Klavier, auf dem Anne gelernt hat. Die Mutter hätte es gerne einem Kind zur Verfügung gestellt, das kein eigenes Klavier zuhause hatte. Das Kind könnte bei ihr üben, sagte die Mutter, und sie würde sich freuen. Sie fragte herum, in der Nachbarschaft und im Supermarkt, aber es fand sich kein Kind. Ein unwahrscheinlicher Zufall wäre nötig gewesen, sagte Anne, aber die Mutter bestand darauf, dass nur noch reiche Kinder Klavier lernten, denen noch vor der ersten Stunde ein eigenes Klavier hingestellt würde. Annes erstes Klavier war gebraucht und wurde erst nach zwei Jahren Unterricht angeschafft. In dem Regal gegenüber der Couch steht ein Foto, darauf sitzt Anne an diesem Klavier. Neben ihr steht der Vater und tut, als würde er zuhören, während sie tut, als würde sie spielen. Überall im Wohnzimmer sind Fotos aufgestellt und aufgehängt, einige Fotos aus Annes Kindheit und viele aus ihrer Jugend. Der Vater wird auf den Bildern nie älter als dreißig, auf dem neuesten Foto von Anne ist sie zehn Jahre älter als er. Anne hängt schon lange keine Fotos von Menschen mehr auf, man gewöhnt sich so schnell an die Gesichter. Dennoch empfindet sie es als eine Art von Treue, wie die Mutter mit den Bildern lebt. Obwohl Anne die schweren Möbel aus dunklem Holz nicht mag und das Sofa zu weich ist, könnte sie jetzt tief und fest schlafen, wie damals in dem vollgestellten Nähzimmer. Mein Mädchen, sagt die Mutter, wer weiß, ob wir uns noch einmal sehen. Seit einigen Jahren ist das ihre Abschiedsformel am Ende von Annes Besuchen. Aber hör mal, sagt Anne, doch die Mutter fällt ihr ins Wort. Sonst halt erst drüben, sagt sie und macht eine kleine kokette Bewegung mit der Schulter.

Am Abend packt Anne den Koffer aus. Sie bringt den Wein, den die Mutter ihr unbedingt mitgeben wollte, in die Küche, da fällt ihr ein, dass sie Thomas' Grüße nicht bestellt hat. Die Mutter hat auch nicht nach ihm gefragt. Oder aber Anne hat vergessen, was sie mit der Mutter gesprochen hat, als sie Thomas' Nachricht auf dem Küchentisch las. Er komme gegen 22 Uhr nachhause. Sie kennt das, Gespräche, die sie in der einen Sprache geführt hat, entfallen ihr oft in der anderen. Die Wohnung sieht aufgeräumt aus. Auf dem Küchentisch liegt neben Thomas' Nachricht die Zeitung vom Vortag. Anne öffnet die Tür zu ihrem Zimmer und streckt eine Hand durch den Spalt, um das Licht anzumachen, lässt die Tür weiter aufgehen, bis diese an die Wand stößt. Das Bett ist gemacht, der Überwurf straff gespannt und rundherum unter die Matratze gesteckt. Unwirtlich, würde Thomas sagen. Anne hat schon vor langer Zeit aufgehört, die Überdecke festzustecken, breitet stattdessen den Überwurf locker über die Decke und lässt ihn an den Seiten herunterhängen. Sie steht vor dem unwirtlichen Bett und fragt sich, ob es in Österreich Gegenden gibt, in denen man Betten auf diese Weise macht, und ob das Mädchen aus einer solchen Gegend stammt. Die Wohnungstür wird geöffnet. Willkommen zurück, ruft Thomas im Vorzimmer. Anne hört, wie er die Klotür hinter sich zumacht, ohne abzusperren. Die Mutter geht nach wie vor in ihrer eigenen Wohnung nicht aufs Klo, ohne abzusperren. Anne hat sich darüber lustig gemacht und nicht gesagt, dass sie die unsinnige Sorge hat, die Mutter könnte da drinnen einen Herzinfarkt erleiden oder ohnmächtig werden und dann sei die Klotür versperrt. Unsinnig, weil die Mutter ohnehin allein lebt. Anne hört die Spülung, hört Thomas ins Bad gehen, dann das Knacken der Schwelle zur Küche. Sie verlässt das unwirtliche Bett. Thomas betrachtet das Etikett auf einer der Weinflaschen. Wollen wir ein Glas trinken, fragt er, als Anne in die Küche kommt.

Er öffnet die Flasche, schenkt Wein in zwei Gläser. Anne setzt sich an den Küchentisch. Lass uns doch hinübergehen, sagt Thomas. Als sie sich am Esstisch gegenübersitzen, streckt er eine Hand aus und umfasst Annes Schulter. Erzähl, sagt er. Schöne Grüße von meiner Mutter, sagt Anne. Wie geht es ihr? Vergesslich werde sie. Anne hat einige Zeit damit zugebracht, Briefe und Rechnungen zu sortieren, Einzahlungen zu machen, Mahngebühren abzuwenden. Freundinnen habe die Mutter fast keine mehr. Wieso? fragt Thomas. Weil sie alle sterben, sagt Anne. Im Vorzimmer läutet ein Telefon, Thomas geht hinaus, unterbricht das Läuten und kommt zurück. Willst du nicht abheben? fragt Anne. Und Frankreich, sagt Thomas, wie geht es Frankreich? Überall Sicherheitskontrollen, sagt Anne. Ständig lasse man wildfremde Menschen in die eigene Handtasche schauen. Ja, sagt Thomas, darüber müssen wir für das Festival auch nachdenken. Sie sprechen dort nur vom nächsten Attentat, sagt Anne. Haben Sie schon vom neuesten Anschlag gehört, Monsieur? Ihr Akzent ist wieder stärker, Madame, sagt Thomas. Sein Tonfall erinnert sie an etwas, aber sie findet kein Bild dazu, schaut weg von seinem Gesicht und zur offenen Schlafzimmertür. Das unwirtliche Bett. Was er gemacht habe? fragt Anne. Gearbeitet. Zum Essen sei er hinausgegangen, ansonsten habe er gearbeitet. Gestern habe er Franz getroffen. Schöne Grüße soll ich dir bestellen, sagt Thomas. Anne sagt, sie könne die Augen kaum noch offenhalten. Thomas hat noch zu tun. Als sie aus dem Badezimmer kommt, sieht Anne ihn am Schreibtisch sitzen. Er hat sein Weinglas mitgenommen, auf dem Tisch der Computer, Bücher, Filmhüllen. Im Schlafzimmer zerrt sie an dem Überwurf, der fest unter der Matratze steckt, lässt schließlich davon ab und bleibt am Bettrand sitzen. Sie würde gern nach Thomas rufen, damit er ihr hilft, aber dann müssten sie davon sprechen, wer das unwirtliche Bett gemacht hat. Anne könnte weinen. Sie legt die Finger auf die trockenen Augenlider. Es kommt nichts. Schließlich gelingt es ihr, ein Stück von dem Überwurf unter der Matratze hervorzuziehen und noch eines, genug, um darunter zu kriechen. Flach unter der straff gespannten Decke schläft Anne ein.

Am nächsten Abend steht sie spät noch einmal auf, um Thomas' Taschen zu leeren. Ein paar Mal war er allein essen, bei dem vietnamesischen Restaurant in der Nähe, eine Suppe und ein kleines Bier oder ein Zitronensoda. Eine Rechnung vom Abend vor Annes Ankunft, mehrere Biere und ein Brot mit Schinken und Kren in einem Wirtshaus. Zwei Rechnungen von der Trattoria. Die Trattoria ist zu Fuß fünfzehn, höchstens zwanzig Minuten von der Wohnung entfernt. Einmal war Thomas allein dort, kurz nach ihrer Abreise, Tagesteller, Mineralwasser, Espresso. Der zweite Beleg wurde drei Tage vor Annes Rückkehr ausgestellt. Thomas hat wie immer das Tagesgericht gegessen, das Mädchen hat Lammfleisch bestellt, das doppelt so viel kostete wie das Tagesgericht. Das Mädchen werde bestimmt nicht aufessen, hat Thomas gesagt, ob es nicht lieber etwas anderes bestellen wolle. Es könne auch selber bezahlen, hat das Mädchen gesagt und Thomas, ärgerlich, darum gehe es nicht. Anne verspürte während ihrer Monatsblutung oft einen Hunger auf rotes Fleisch und Thomas freute sich, wenn es zum Abendessen Steaks gab, innen blutig. Zum Lammfleisch hat das Mädchen Wein getrunken. Es hat mittlerweile einen ausgezeichneten Rotweingeschmack, Annes Rotweingeschmack, den Thomas im Laufe der Jahre übernommen hat. Das Mädchen teilt nun Annes Vorliebe für schwere südfranzösische Weine. Als Thomas Anne zum ersten Mal in seine Wohnung einlud, hat er einen scheußlichen Merlot gekauft, und beim nächsten Mal brachte Anne eine Flasche mit. Thomas hat seinen Geschmack durch die Gewöhnung an gute Weine geschult, und ebenso ergeht es nun dem Mädchen. Nach dem Essen hat es einen Grappa bestellt, der so viel kostete wie das Tagesgericht, und Thomas hat bezahlt, um nicht geizig zu erscheinen. Das Mädchen hat Thomas von den Feiertagen erzählt, die es bei der

Familie verbracht hat. Anne stellt sich vor, wie das Mädchen daheim von Thomas erzählt, der Mutter, die so alt ist wie Anne und dem Mädchen beigebracht hat, den Überwurf unter der Matratze festzustecken. Meinst du, fragt Anne die Freundin, dass man ab einem bestimmten Alter frühere Gewohnheiten wieder aufnimmt, ohne es zu bemerken? Die Freundin weiß nicht, was Anne meint. Zum Beispiel, sagt Anne, habe ich mir schon vor mindestens zwanzig Jahren abgewöhnt, das Bett so zu machen, wie ich es zuhause gelernt habe, und letztens musste ich feststellen, dass ich es wieder so gemacht hatte wie früher. Es ist mir unheimlich, sagt Anne, wenn ich Dinge tue, die mir währenddessen nicht bewusst sind. Sie muss der Freundin erklären, wie man bei ihr zuhause das Bett gemacht hat. Die Freundin sagt, sie stelle fest, dass sie zunehmend Angewohnheiten ihrer Mutter an den Tag lege, die sie selbst bislang nicht gehabt habe. Das Altern, sagt die Freundin, sei unheimlich.

Auf dem Weg zum Kaffeehaus lässt die Übelkeit nach. Anne hat Hunger, stärker, gieriger, als sie das vor allem morgens von sich kennt. Sie bestellt die Semmel diesmal mit Schinken. Sobald sie aufgegessen hat, bezahlt sie. Es treibt sie hinaus aus dem Kaffeehaus, es treibt sie weiter. Sie marschiert nach einem Rhythmus, der mehr ein Schlagen ist, zwei Takte, zweimal kurz, einmal lang, zweimal kurz, zweimal lang. Auch das Gehen hat etwas Gieriges, ihre Schritte fressen den Weg, den sie zurücklegt. Immer geradeaus muss sie schauen, um Hindernissen auszuweichen, vor sich auf den Boden, ein paar Schritte voraus. Hin und wieder den Kopf heben, um abzuschätzen, was kommt. Wenn eine Ampel auf rot steht, weicht Anne aus, wohin, ist ihr gleichgültig. Zweimal kurz, einmal lang, zweimal kurz, zweimal lang, ein Ausfallschritt wie ein Aufstampfen. In weniger belebten Straßen kann Anne den Blick heben und feststellen, dass sie hier noch nie war. In einer Erdgeschoßwohnung lehnt einer am Fenster und schaut hinaus. Zweimal kurz, zweimal lang, Ausfallschritt. Anne folgt dem Faden, der sie zieht, bis irgendwann ein Schritt weicher ist als der vorherige. Irgendwann, aber bis dahin ist es weit, bleibt ein Schlag aus, zu dem sie den Fuß gehoben hat, ist das Auftreten sachter. Irgendwann lässt der Zug nach, aber nie weiß Anne, wie viele Schritte nötig sein werden, um die Unruhe aufzubrauchen. Wenn es soweit ist, sieht Anne sich um, nach einer Bank, einem Mäuerchen, wo sie sich setzen und die Spuren ihres Marsches untersuchen kann. Manche Folgen sind erst am nächsten Tag zu spüren. Als sie noch Schuhe mit Absätzen trägt, bleibt ein Brennen hinten an den Waden. Wenn sie sich Blasen gelaufen hat, beschließt Anne, am nächsten Tag zu ruhen, aber jedesmal zieht es sie trotzdem irgendwohin, dem Schlagen nach, zweimal kurz, einmal lang, zweimal kurz, zweimal lang, Ausfallschritt. Es nützt nichts, dass sie spürt, wie der Druck auf eine Blase hinten an der Ferse oder unten am Fußballen stärker wird. Sie kann nun zwischen Blut und Gewebeflüssigkeit unterscheiden, sie kennt den klebrigen Schmerz, wenn eine Blase sich öffnet, die Nässe von Blut und das Gefühl, als wühle ein stumpfes Messer in den Fersen. Anne kauft Blasenpflaster. Sie hat nicht gewusst, dass es für alle möglichen Stellen verschiedene Ausführungen gibt. Nässende Wunden oder prallgefüllte Blasen verschmelzen mit dem Pflaster, wenn sie am Abend im Bett liegt, streichen Annes Finger wieder und wieder über die weißliche Plastikhaut. Nach etwa eineinhalb Stunden Marsch beginnt Annes rechte Schulter zu schmerzen. Das Schlüsselbein scheint sich zu verschieben und in den Brustkorb zu stechen, das Schulterblatt verhakt sich und reißt bei jedem Schritt an der Muskulatur rundherum. Anne hat den Verdacht, dass an dieser Schulter der Faden befestigt ist, der sie vorwärtszieht, und tatsächlich verschwinden die Schmerzen, als das Gehen zur Gewohnheit wird.

Anne begreift, dass sie jeden Tag gehen wird, vorerst. Sie trägt nur noch die Schnürschuhe, von denen sie jetzt weiß, dass es die einzigen brauchbaren Schuhe sind, die sie besitzt. Röcke und Kleider zieht sie nicht mehr an, auch keine Blusen, nur noch Leibchen und Pullover. Die Handtasche ersetzt sie durch einen Rucksack. Im Kaffeehaus isst Anne zur Schinkensemmel ein weiches Ei. Nach dem zweiten Espresso bezahlt sie und macht sich zu ihrer Wanderung auf. Der Rhythmus hat sich verändert, dreimal kurz, zweimal lang, dreimal kurz, zweimal lang, er trägt nun statt zu treiben. Trägt sie einen Anstieg hinauf, der dauert und noch einmal steiler wird. Dreimal kurz, zweimal lang, dreimal kurz, zweimal lang, die Vierteltöne werden zu halben, langsamer, dafür ausdauernd. Endlich bleibt Anne auf einem Platz stehen wie auf einem Plateau. Sie hat das Flachland hinter sich gelassen, auf dem Platz tost rund um eine Insel der Verkehr. Von hier aus erkundet sie den unbekannten Stadtteil. Es ist eine Hügellandschaft und eine Zeitlang kehrt Anne täglich in dieses Auf und Ab zurück, folgt den Gassen, die in einen offenen Himmel führen, weil sie sich dort nach unten senken, und dem nächsten Anstieg auf eine der runden Hügelkuppen. Die Sonne dringt durch den Winterdunst, der an diesem Tag herbstlich anmutet, und Anne geht an einem Mann vorüber, der in sein Telefon Arabisch spricht. Sie will sich umdrehen, verlangsamt ihren Schritt, geht doch weiter, behält ihren Rhythmus, will nicht aus der Wirklichkeit geraten, die da entstanden ist, aus der dunstigen Sonne und dem Arabisch sprechenden Mann und den über Kuppen gerundeten Straßen. Sie würde gerne hierbleiben und sich umsehen, in Paris, vor vielen Jahren, aber da sie weiß, es handelt sich um eine Täuschung, die jeden Moment brechen kann, geht Anne gleichmäßig weiter, dreimal kurz, zweimal lang. Dreimal kurz, zweimal lang, die

Sonne scheint noch immer durch den Dunst, den Mann hört sie nicht mehr sprechen, aber von irgendwoher Kinderlärm, wie aus einem Schulhof hinter einem Gittertor. Anne folgt der Straße über den offenen Himmel hinaus nach unten, weiter nach unten, sie scheint am Rand der Hügellandschaft angekommen und steht auf einer grün gestrichenen Fußgängerbrücke, die über einen Güterbahnhof führt. Sie glaubt sich nach wie vor in ihrer Täuschung, als von hinten eine Stimme herankommt, die jedoch deutlicher wird und wirklich. Schritte von drei Menschen, die an ihr vorbeigehen, weiter über die Brücke, die Stimme erklärt und erzählt und immer noch hört Anne das klare, freundliche Französisch eines gebildeten jungen Mannes, der seinen aus Paris angereisten Eltern die Stadt zeigt, in der er lebt. Die Eltern sind kleiner als er, an ihren Mantelrücken sieht Anne die Zufriedenheit und den Stolz auf den wohlgeratenen Sohn. Petit bourgeois. In der Mitte der Brücke dreht er sich um, deutet mit einem Arm, die Köpfe der Eltern folgen. Er bemerkt wohl Annes Blick, sein hübsches Gesicht unverändert freundlich, sein Rücken, der dunkel gelockte Hinterkopf. Die Mutter berührt im Weitergehen seinen Arm, den er sogleich anbietet, in vollendeter Beiläufigkeit, damit sie sich einhakt. Anne hält sich an dem grün gestrichenen Geländer fest. Sie muss eine Metrostation finden, um sich zu orientieren. Sie weiß, wo in der Stadt viel Französisch gesprochen wird, im Botschaftsviertel etwa oder im neunten Bezirk. In dem Stadtteil auf den Hügeln, neben dem Güterbahnhof, versteht Anne wenig von dem, was sie auf der Straße sprechen und rufen hört, bemüht sich auch nicht zu erkennen, ob es Deutsch ist oder eine andere Sprache. Das Französisch des jungen Mannes hat sie unvorbereitet getroffen.

Am Abend geht Anne durch die Wohnung. Die Stille ist groß. Anne bleibt vor dem Klavier stehen, klappt den Deckel hoch, setzt sich nicht. Stehend führt sie die Finger der rechten Hand, die schon immer die gehorsamere war, zu den Tasten. Die linke folgt aus der Gewohnheit heraus, die rechte nicht allein zu lassen. Die ersten Takte einer Sonate fallen ihr ein, vielleicht erinnern die Hände sich an den Rest. Anne setzt sich auf den Klavierhocker. Die Finger bewegen sich ruckartig, wie Gliederpuppen. Thomas wird in dieser Nacht nicht in die Wohnung kommen. Er hat Anne vorgestern ein Telefonat hören lassen. Als sie im Wohnzimmer saß, ging er in seinem Zimmer auf und ab, die Türe geöffnet. Gut, Armin, hat er abschließend gesagt und ist später zu Anne gekommen, um ihr zu sagen, dass er morgen wegfahre, sich mit einem gewissen Armin Meister treffen werde. Wenn eine Fortsetzung des Gesprächs sinnvoll sei, werde er einen weiteren Tag bleiben. Die linke Hand, die immer schon störrischer war, wird langsamer. Anne sieht ihr zu, wie sie sich von den Tasten entfernt und auf ihren Oberschenkel zurückzieht. Die rechte zögert, bemüht sich noch um einen Takt, kann sich nicht erinnern, zieht sich auf den Oberschenkel zurück, wo die linke schon wartet. Anne hat Thomas beim Packen zugehört, er fragte sie nach seinen Wanderschuhen. Keine Ahnung, sagte Anne, wo die seien. Im Bad hat sie dann gesehen, dass er Rasierer, Pinsel und Schaum mitgenommen hat für zwei Tage. Nach dem geschäftlichen Gespräch hat Armin Meister Thomas und das Mädchen zum Abendessen eingeladen, dazu wird Anne keine Rechnung finden. Das Mädchen hört aufmerksam zu und stellt kluge Fragen, es lacht gerne und die Stimmung wird gelöster. Als Armin Meister für einen Moment den Tisch verlässt, legt Thomas seine Hand auf die Hand des Mädchens und es schenkt ihm ein Lächeln. Es schenkt auch Armin Meister ein Lächeln, als der zurückkommt, es spürt, dass sein Lächeln tatsächlich als Geschenk empfangen wird, und weiß doch nicht genau, warum. Das Mädchen hat die Arme auf den Tisch gestützt, die Schultern ein wenig hochgezogen. Stünde man hinter ihr, würde man die Schulterblätter sehen, bereit zu flattern. Anne kennt die aufreizend nachlässige Körperhaltung von ihren Schülerinnen. Vor einigen Jahren hat sie sich unvermutet in einem Spiegel gesehen, als sie in einem Warteraum saß und von ihrem Buch aufblickte. Die Frau, die sie da sah, hielt die Schultern wie zur Abwehr in Stellung, der Brustkorb, dazwischen zusammengedrängt, sah müde aus und eingefallen. Anne hat sich aufgerichtet und von dieser Frau abgewandt. Loslassen, loslassen, sagte der Lehrer am Konservatorium und klopfte gegen Annes Oberarm. Noch immer, wenn sie daran denkt, bewegt Anne den Arm nach hinten, um der Berührung auszuweichen. Der Lehrer lächelte, mit Verachtung für ihre Empfindlichkeit, die er für französisch hielt. Er war Ungar und sie mochten sich von Anfang an nicht. Sie müsse aufhören, sich zusammenzunehmen, wenn sie spielen wolle, hat der Lehrer gesagt. Anne erinnert sich an das Wort. Heute kennt sie die doppelte Bedeutung, die wohl dem ungarischen Lehrer selbst nicht bewusst war. Seit sie sich damals in der Spiegelwand gesehen hat, geht Anne mindestens einmal in der Woche schwimmen. Sie weiß, dass sie bei ihren Schülern zu wenig Haltungskorrekturen vornimmt. Das Spiel der meisten von ihnen wird ohnehin nie ein Niveau erreichen, auf dem das von Bedeutung wäre. Sich selbst muss sie korrigieren, dieses Hochziehen der Schulterblätter im Rücken abgewöhnen. Anne betrachtet die Hände in ihrem Schoß, die nichts mehr wissen. Jemand hat ihr einmal erzählt, sie kreuze im Schlaf die Arme vor dem Oberkörper und berge die Hände dicht aneinander auf der Brust. Morgen wird sie früh aufwachen. Die Freundin hat vorgeschlagen, abends ins Kino zu gehen, ein alter Film, hat sie gesagt, Anne hat den Titel vergessen. Sie lässt ihre nutzlosen Hände den Klavierdeckel schließen.

Das Mädchen ist auf dem Beifahrersitz eingeschlafen. Sie sind spät losgefahren, jetzt ist es Nacht, eine Sonntagnacht beinahe ohne Verkehr. Thomas fährt 130, zwischendurch schaut er auf die Anzeige, 140, nimmt ein wenig Druck vom Gaspedal, spürt die Anspannung im rechten Fuß. Der linke ruht seitlich aufgestellt neben den Pedalen, bereit, rasch auf die Kupplung zu steigen. Die Füße so aufmerksam wie die Hände, die linke am Lenkrad, die rechte am Oberschenkel, auch sie in Bereitschaft, zu Lenkrad oder Schalthebel zu greifen. Das Ziehen, das rechts der Wirbelsäule vom Nacken hinunter bis zum mittleren Rücken verläuft, ist im Moment schwach genug, dass Thomas es nicht als Schmerz empfindet. Er überholt einen anderen Wagen, die linke Hand setzt mit dem kleinen Finger, ohne sich vom Lenkrad zu heben, den Blinker, auch die rechte greift nun zu und der Fuß drückt das Gaspedal gegen den stärkeren Widerstand. Thomas sieht das überholte Auto im Spiegel zurückbleiben, blendet das Fernlicht wieder auf und ist erneut allein auf der Straße. Durch die Waldstücke fährt man wie durch Tunnel, dann breitet sich wieder das flache Land aus, dem Blick voran. Vereinzelte Bäume sind schwarze Gestalten, Baumgruppen mehrere, die beisammenstehen. Weit in der Ferne bewegen sich die Lichter eines Wagens einen unsichtbaren Hügel hinauf, Thomas überlegt, um welche Erhebung es sich dabei handelt. Einkaufszentren kündigen die Stadt an. Leere Parkplatzflächen dehnen sich weit wie Felder bis zum nächsten Gebäude, der Horizont rückt näher heran. Thomas passiert die Stadtgrenze, fährt 80, eine Zeitlang noch 60, ist im eigentlichen Stadtgebiet angekommen. 50 Stundenkilometer wirken nun leise und bedächtig. Weil rundherum niemand ist, setzt Thomas keinen Blinker, er fährt nun 30 in den schmalen Gassen. Hier kennt er jede Einbahn, er nimmt die Kurven mit genau berechnetem Schwung. Das streifende Geräusch, wenn er das Lenkrad unter seinen Händen zurückdrehen lässt. Thomas findet einen Parkplatz gegenüber dem Hauseingang und stellt den Motor ab. Kann vom Auto aus nicht sehen, ob im Schlafzimmerfenster Licht ist. Neben ihm regt sich das Mädchen, streckt die Arme nach vorne bis zur Windschutzscheibe und schaut aus dem Fenster. Wo sind wir? Thomas dreht den Zündschlüssel und startet den Motor, den er eben abgestellt hat. Er fährt aus der Parklücke, die nicht mehr frei sein wird, wenn er wiederkommt. Ich bringe dich nachhause, sagt er. Das Mädchen schaut aufmerksam nach draußen, durch das Seitenfenster, die Windschutzscheibe, es wendet den Kopf von hier nach da. Thomas biegt falsch ab, bemerkt, dass er gegen die Einbahn fährt, als ein Auto entgegenkommt. Er setzt zurück, verschaltet sich beim Anfahren. Findet schließlich den Weg, eine andere Strecke als sonst. In der Gasse, in der das Mädchen wohnt, ist kein Parkplatz frei. Schon in Ordnung, sagt das Mädchen. Es legt seine Wange an die von Thomas. Mach den Kofferraum auf, sagt es und wirft die Beifahrertür zu. Mit dem kleinen Koffer, mit dem es alle seine Reisen antritt, verschwindet das Mädchen im Haus.

Ich nenne sie Frau ohne Namen, sagt das Mädchen zu seiner Freundin. Und je länger er sie nicht verlässt, desto dringender will ich mehr über sie wissen. Einmal bin ich eine Viertelstunde lang in meiner Küche gesessen, während er im Badezimmer war und duschte. Vor mir auf dem Küchentisch lag sein Telefon, er hatte es da gelassen. Ich kenne die Zahlen, sagt das Mädchen, ich habe einmal hingesehen, mehrmals, wenn er sie eintippte. Ich habe mir so den Zugang ermöglicht. Nicht verschafft, aber ermöglicht. Das Mädchen hörte das Wasser, hätte auch gehört, wenn er es abstellte, um bald darauf aus dem Bad zu kommen, in die Küche, wo das Mädchen vor dem Telefon saß. Das Mädchen horchte und schaute auf das Telefon, das Thomas auf dem Tisch liegengelassen hatte. Es gab nicht die Zahlen ein, die es kannte. Es drückte nur den kleinen Knopf an der Seite, um die Uhrzeit aufleuchten zu lassen und zu sehen, dass es bereits eine Viertelstunde lang vor dem Telefon in der Küche gesessen war, ohne die Zahlen einzugeben. Die Freundin lässt eine Hand auf den Tisch fallen. Ich an deiner Stelle, sagt sie, hätte schon ganz andere Sachen gemacht. Das Mädchen denkt an die Erzählung der Freundin, in der sie einem Mann Geschirr nachgeworfen und ihn mit einer Tasse an der Schulter getroffen hat. Ich an deiner Stelle wäre schon längst bei ihm zuhause aufgetaucht. Wer weiß, sagt die Freundin, vielleicht wäre deine Frau ohne Namen ja froh darüber und ihr würdet euch zusammentun. Das Mädchen lacht. Stell dir vor, sagt es.

Wenn Anne sich vorstellen soll, sagt sie ihren Namen auf Französisch. Wenn jemand nachfragt, wiederholt sie Anne mit dem Vokal am Schluss, wie man es im Deutschen macht. Thomas hat einen eigenen Namen für sie, er spricht das e nicht aus wie in der deutschen Version, deutet den Laut im n an, aber mit weniger Klang als im französischen Anne, bei dem die beiden n die Zunge weiter heben. Die österreichische Version ist weicher, lässt dem a ein wenig mehr Raum, unentschieden über die Härte des doppelten n. Die vier Buchstaben ihres Namens geben eine Skala der Betonung vor. Dass sie, wenn sie sich vorstellt, den Namen zweimal unterschiedlich ausspricht, führt zu einer Aufmerksamkeit, die Anne nicht erzeugen will, aber es ist ihr unmöglich, auf Anhieb das deutsche Anne zu sagen. Wie sagt man auf Französisch, wird sie gefragt und muss ihren eigenen Namen sagen, zweimal oder dreimal, und alle hören zu. Thomas weiß, dass Anne die wiederkehrenden Gespräche nicht leiden kann. Bei mehr oder weniger offiziellen Anlässen, die für Thomas wichtig waren, bemühte Anne sich, solange sie noch mitging, um Antworten. Wenn es die Höflichkeit erlaubt, wartet sie jedoch einen Augenblick, lange genug, damit Thomas einsetzen und von seinen Erfahrungen in Frankreich erzählen kann. Er habe beides gegessen, Schnecken und Froschschenkel. Auf die Sauce komme es an, hört Anne ihn sagen, wie sie es ihm damals erklärt hat. Manchmal setzt sie sich abends zum Klavier. Sie will nicht spielen, sie setzt sich auf den Hocker und öffnet den Deckel, was nicht nötig wäre, aber es bringt sie dem Instrument näher. Seitlich sitzt Anne zum Klavier, die Hände in den Schoß gelegt, Handflächen nach oben geöffnet. Manchmal ein Geräusch aus dem Stiegenhaus. Früher geschah es, dass Thomas in einem solchen Moment nachhause kam. Er hängte den Schlüssel an den Haken und zog die Schuhe aus, machte das Licht an und erschrak, wenn er sie im halbdunklen Wohnzimmer am Klavier sitzen sah. Da sie nicht spielte, ging er zu ihr, mit bloßen Füßen, wenn es warm war, so wie sie mit bloßen Füßen am Klavier saß. Er beugte sich über sie, sein Mund oder seine Wange berührten ihre Stirn. Was machst du denn? Er wusste, dass sie die Frage Wie geht's? nicht mag, dieselbe verkürzte Formel wie im Französischen. Zutiefst unehrlich findet Anne es, eine solche Frage zu stellen, ohne sich der Antwort aussetzen zu wollen. Der Heizungsregler an der Wand knackt leise. Die Finger von Annes rechter Hand umfassen den Rücken der linken. Was machst du denn, sagt Anne. Du siehst gut aus, hat die Freundin letztens gesagt. Machst du irgendwas? Viel spazierengehen, hat Anne gesagt.

Ich wollte selber nachschauen kommen, sagt das Mädchen, weil er mir nichts erzählt. Er schafft es, nichts zu sagen. Es muss einem doch das Herz übergehen. Thomas aber hat seine Kammern. Anne nennt sie seine Herzkammern. Auch wenn er ihr schon vor langer Zeit erklärt hat, es handle sich um einen medizinischen Begriff und er könne ihr per Röntgen beweisen, dass er nur zwei davon habe, sehr übersichtlich, entgegen ihrer Vorstellung. Anne sieht sein Herz dennoch als einen freundlichen und zugänglichen Platz, von dem Gassen abgehen, die eng sind und weniger zugänglich. In den Gassen gibt es Häuser mit Türen, und hinter gewissen Türen verbergen sich Kammern, in die räumt Thomas Sachen hinein. Was er in einer solchen Kammer verstaut, ist nicht in Erfahrung zu bringen, denn er hat es vor sich selbst verräumt. Anne glaubt, zumindest die Türen zu kennen, vielleicht gibt es aber auch mehr davon, solche, die ihr im Vorbeigehen nicht einmal aufgefallen sind. Thomas' unbetretbare Herzkammern. Vielleicht gibt es welche, von denen auch er nichts weiß. Und wenn er einmal einen Herzinfarkt hat, sagt das Mädchen, dann ist es, weil er eine dieser Türen nicht mehr aufkriegt. Oder nicht mehr zubekommt, meint Anne. Einmal hat Thomas in einem belanglosen Gespräch mit dem Mädchen gesagt, früher hätten bei einer Heirat nicht beide ihre Namen behalten können. Er war zerstreut, er hat an den bevorstehenden Abend gedacht und daran, dass er kurz zuvor mit seinem Bruder telefoniert hat. Das Mädchen hat in seine Zerstreutheit hinein nachgefragt und Thomas hat die Bedeutung erwähnt, die Annes Name für sie gehabt hat. Den Namen hat er nicht genannt. Hat sich dann geweigert, das Gespräch fortzusetzen. Das Mädchen aber hat so herausgefunden, dass Anne Französin ist. Französin, sagt das Mädchen zu seiner Freundin. Wenn du Französin denkst, dann taucht doch gleich auf: schön, schmal, elegant, geistreich, stilvoll, nonchalant. Das ist ein wandelndes Klischee, sagt die Freundin. Das Mädchen will mit Thomas nun nicht mehr die Filme schauen, für die sie eine Leidenschaft teilen. Zu Beginn ihrer Bekanntschaft hat Thomas dem Mädchen anvertraut, dass auch er unabänderlich dem französischen Kino der fünfziger und sechziger Jahre verfallen ist. Seine Position würde avanciertere und eigenwilligere Vorlieben verlangen, aber heimlich stellt er diese Filme über alle anderen. Es ist da etwas Absichtsloses an den Menschen und am Leben selbst, oft ein Miteinander, ohne dass gesprochen wird, das Sprechen dann wie zufällig, ohne je ein Bemühen, irgendein Gespräch zu einem Abschluss zu bringen. Alles wird stehengelassen in diesen Filmen, angefangene Gespräche und Handlungen und Getränke, die man eben erst bestellt und noch nicht angerührt hat.

Anne hat sich auf das Kanapee gesetzt, an den Handinnenflächen spürt sie den Bezug, grobes Leinen. Sie mag keine Polstermöbel mit fellartigen Bezügen, in die man einsinkt. Das Kanapee haben sie in Frankreich gekauft, es gibt kaum nach, und dennoch kommt Anne heute nicht mehr hoch. Irgendwo in der Wohnung kichert das Mädchen. Das Kichern klingt wie ein Rieseln in der Wand, helles Wasser oder Sand, und wenn man lauscht, hat es schon wieder aufgehört. Anne wüsste gern, wie das Mädchen spricht. Sie ist überzeugt, es teilt mit Thomas den Dialektsingsang. Der Dialektsingsang ist Thomas' Muttersprache. Komm doch, sagt Anne, ihre Hände legen sich fester um den Rand der Sitzfläche. Komm, sagt sie und bemüht sich, Thomas' Dialekt zu imitieren, obwohl sie weiß, dass es ihr nicht gelingt. Erzähl mir was, ruft Anne in die leere Wohnung. Als sie begreift, dass das Klirren aus dem Badezimmer kommt, weil die Fliesen den Lärm verstärken, hat es schon wieder aufgehört. Es hat geklungen, als sei etwas Großes zu Bruch gegangen, als habe jemand das Waschbecken aus seiner Verankerung gerissen und auf den Boden krachen lassen. Endlich steht Anne auf. Sie kann zunächst, von der Türschwelle aus, keine Veränderung erkennen und sieht schließlich doch die Scherben im Waschbecken. Es ist der Becher, der neben dem Wasserhahn stehen müsste, mit den beiden Zahnbürsten darin. Annes Zahnbürste liegt zwischen den Scherben, Thomas' Bürste ist nicht da. Anne will die Scherben nicht anfassen, sie muss befürchten, sich die Hand aufzuschneiden. Die Zahnbürste nimmt sie heraus. Zwischen den Borsten könnten sich unsichtbar kleine Keramiksplitter verbergen. Anne will die Bürste wegwerfen, sie verlässt damit das Bad und bleibt im Vorzimmer stehen, als sie die Spiegelung im Wohnzimmerfenster sieht. Die Lampe neben dem Kanapee ist die einzige Lichtquelle, in der schwarzen Scheibe dahinter steht das Mädchen, Anne zugewandt. Die Spiegelung löst jede klare Linie auf. Anne wagt keine Bewegung. Die Gestalt im Fenster könnte hinausfallen oder aber auf Anne zu. Sie würde nur einmal die Augen schließen und mit dem Senken der Lider das Bild zu sich her und in sich hinein holen. Die Gestalt im Fenster erschauert. Anne dreht sich um. Ihr Rucksack liegt auf dem Hocker neben der Wohnungstür, darin sind Telefon und Geldbörse. Sie muss sich nicht umschauen, nichts suchen, die Stiefel anziehen, an denen nur ein Reißverschluss zu schließen ist. Den Mantel nimmt sie in die Hand, den Rucksack hält sie schon in der anderen. Sie dreht sich erst um, als sie die Wohnungstür geschlossen hat, nur kurz, um abzusperren. Unten vor dem Haustor zieht sie den Mantel an, wirft den Rucksack über die Schulter. Sie wendet sich nach rechts, um nicht unter dem Wohnzimmerfenster vorbeizugehen, hinter dem noch immer die eine Lampe brennt. Sie nimmt das Telefon aus dem Rucksack und ruft die Freundin an. Sie sei zufällig in der Nähe, sagt Anne, ob die Freundin zuhause sei. Die Freundin freut sich. Anne winkt ein Taxi heran. Als sie bei der Freundin ankommt, stehen bereits eine Flasche Wein und zwei Schalen mit Chips und Nüssen bereit. Wie schön, sagt die Freundin, sie könne sich nicht erinnern, wann sie zuletzt so spontan gewesen sei. Anne fragt, ob sie die Freundin bei etwas unterbrochen habe. Aber nein, sagt die Freundin, überhaupt nicht. Anne entschuldigt sich, sie will auf die Toilette. Die Wohnung ist von vielen Lampen warm beleuchtet, auf dem niedrigen Tisch im Wohnzimmer liegen Zeitschriften. Anne sucht nach einem Hinweis darauf, womit die Freundin beschäftigt war, ehe sie angerufen hat. Die Freundin nimmt Gläser aus dem Schrank und füllt Wasser in eine Karaffe. Sie schenkt Wein ein. Ob die Anwesenheit ihres Sohnes die Freundin manchmal störe, fragt Anne. Die Freundin ist erstaunt. Das könne Anne nur fragen, weil sie keine Kinder habe, sagt die Freundin. Entschuldigt sich dann für diese Bemerkung. Der Sohn ist nicht viel zuhause, wird außerdem bald ausziehen, sie hätte ihn gern mehr daheim. Anne versucht sich zu erklären. Ein Wesen, das ständig Aufmerksamkeit beanspruche, sagt sie. Am Lächeln der Freundin begreift Anne, dass sie nichts versteht. Sie will über etwas anderes sprechen, sie fragt die Freundin nach ihrer Arbeit. Die Stimme der Freundin, die von ihrer Arbeit erzählt, ist für Anne ein Geländer, an dem sie von der Wohnung, aus der sie eben geflohen ist, in die Nähe der Freundin gelangt. Später erwähnt Anne, in ihrem Badezimmer habe sich heute der Zahnputzbecher selbständig gemacht und sei im Waschbecken zerschellt. Unmerkliche Erdbeben, sagt die Freundin. Erschütterungen, die man nicht wahrnimmt, bis sich etwas weit genug verschoben hat, um zu fallen.

Was Anne sich nicht erklären kann, sind die Stücke von Moos an verschiedenen Orten in der Stadt. Immer wieder sieht sie vor sich auf dem Gehweg kleine Erdbrocken. Winzige Schollen, auf einer Seite bemoost, aus dem Boden gelöst, von wo auch immer sie stammen, und auf dem Asphalt verstreut. Von einer Fracht abgefallen. Nun werden sie zertreten, bis sie sich ganz aufgelöst haben, eine Zeitlang noch ein dunkler, feuchter Fleck auf dem Gehweg. Wohin wird hier Erdreich verfrachtet? Immer bleibt Anne stehen und blickt sich um und nie entdeckt sie einen Anhaltspunkt. Kein Blumengeschäft, kein Kindergarten, in dem mit Naturmaterialien gebastelt wird. Regelmäßig nimmt sie auch einen bestimmten Geruch wahr, der eigentlich kein Geruch ist, es nützt nichts, durch den Mund zu atmen. Es ist feuchte, warme Luft. Bleiche, fällt Anne ein, sie denkt an alte Badeanstalten, an Wäschereien. Ihr scheint, der Geruch steigt von unten aus dem Gemäuer, knapp über dem Gehsteig. Nie entdeckt sie jedoch Rohre oder Gitter zur Lüftung, aus denen heißer Dampf entweichen könnte. Die Gebäude sehen aus wie normale Wohnhäuser, keine Kleiderreinigungen oder Schwimmbäder sind in der Nähe, und doch ist die warme Feuchte in der Luft, ein Dutzend Schritte lang. Die Kälte ändert daran nichts, lässt aber auch keinen Dampf sehen. Annes Atem verweht weiß vor ihrem Mund, aber die Feuchtigkeit, die sie im Gesicht auf der Haut, im Mund und in der Nase spürt, wird nicht sichtbar. Einmal begegnen ihr Dampf und Moos am selben Ort, und das erscheint ihr nun ganz richtig, ohne eine Erklärung zu sein. Sie atmet den Wäschereigeruch und steht über den kleinen Erdschollen auf dem Asphalt, wie um sie zu bewachen. In ihrem Rucksack sind das Notizheft und der Beutel. Sie hat das Kosmetiktäschchen gegen einen größeren Beutel getauscht, darin ein Deodorant, eine Feuchtigkeitscreme für Gesicht und Hände, eine Fettsalbe, um die Haut vor Kälte zu schützen. Mindestens zwei Packungen Taschentücher, außerdem Feuchttücher und Pflaster. Schmerztabletten, für alle Fälle. Augentropfen. Immer ein Paar frische Socken, falls die Nässe durch die Schuhe dringt, was selten passiert. Anne hat überlegt, sich eine dieser Kopfbedeckungen zuzulegen, die man über einen Teil des Gesichts ziehen kann, aber mittlerweile hat sie sich an die Kälte gewöhnt. Sie mag es, wenn nach einigen Stunden im Freien die Wangen von der Winterluft fest geworden sind und die Stirn sich anfühlt wie kalter Stein.

Für ihre Wanderungen bevorzugt Anne Gegenden ohne Sehenswürdigkeiten, die führen ihr bloß vor Augen, wo sie sich befindet. Am besten ist eine Architektur, die Anne nicht verorten kann, die sie mit Städten in Verbindung bringt, in denen sie nie war, mit Zeiten, die sie nicht erlebt hat, Zusammenhänge, die nur in ihrer Vorstellung bestehen. Wichtig ist, dass sie keine Sprache hört oder aber weder Deutsch noch Französisch. Vor einem kleinen Geschäft, eher einem Kiosk, sitzen zwei Frauen auf Plastikstühlen und rauchen. Auf dem weißen Plastiktisch vor ihnen zwei Limonadeflaschen. Der Arm, mit dem sie nicht rauchen, eng um den Oberkörper gelegt, die Beine überschlagen, als helfe das gegen die Kälte. Sie unterhalten sich auf Italienisch, meint Anne zu hören, oder ist es doch Rumänisch. Manchmal kann ein oranger Mistkübel, der eindeutig nach Wien gehört, die Fremdheit verhindern, ein andermal überwiegt die Nacktheit von Fassaden, die nach dem Krieg erbaut wurden und vor denen eine junge Mutter ihrem Kind beim Spielen zuschaut. Manchmal tut sich eine andere Zeit auf, wie beim Anblick der Brücke, auf der sich in diesem Moment nur ein Mensch befindet, ein gebeugter Mann im weiten, schwarzen Anzug und mit dunklem Hut, der sonst nichts hat, nichts trägt, auch keinen Stock. Er kommt von der anderen Seite des Flusses her, früher sprach man vom Judenviertel dort drüben. Es kommt vor, dass Anne weit gehen muss, ehe sie endlich in eine Straße gerät, die breiter ist als in dieser Stadt üblich. Auch sind die Häuser hier niedriger, die meisten bloß zwei Stockwerke hoch. Von irgendwo Musik, Takte eines Schlagers, der in allen Ländern gleich klingt und keine bestimmte Sprache braucht. Sie stellt sich dazu einen alten Menschen vor, der tief in einem Zimmer auf der Bettkante sitzt und den Weg zum Fenster nicht mehr macht.

In diesem Moment bleibt Anne. Bleibt stehen, bis sie das Auto bemerkt, an dem zwei junge Männer in dicken, schwarzen Jacken lehnen und schweigend zu ihr herüberschauen. Meist sucht sie die nächste Bushaltestelle oder U-Bahnstation, um herauszufinden, wo sie gelandet ist. Steigt in ein Verkehrsmittel oder geht zu Fuß zurück zur Wohnung. Wenn sie einen solchen Moment gefunden hat, gelingt ihr auch der Rückweg. Trotzdem überkommt sie in der Nähe der Wohnung eine große Unlust, diese zu betreten. Stattdessen öffnet sie die Tür zu einem Lokal, an dem sie eben vorbeigeht. Erst als sie sich gesetzt hat, bemerkt sie die laute Musik, hastig stolpernde Rhythmen, schon wird sie nach ihrer Bestellung gefragt. Einen Tee will Anne und sagt dann, nein, einen Espresso, weil sie in dieser Musik nicht lange bleiben kann. Sie ist die Älteste hier. Ein Mädchen fällt ihr auf, in der Mitte des Raumes, das aussieht, als wäre es fünfzehn, höchstens sechzehn. Trägt ein kurzärmeliges Leibchen und sitzt allein an einem Tisch. Vor ihm eine Mahlzeit, von der es große Bissen nimmt, versunken in zwei Bewegungen, die ineinander übergehen, das Kauen und das Wippen des Kopfes zur Musik. Eine Frau tritt zu dem Tisch und beugt sich hinunter, Anne sieht sie annähernd im Profil. Die Frau sucht mit ihrem Mund den Mund des Mädchens, richtet sich auf. Das Mädchen führt einen Bissen zum Mund, es sieht die Frau nicht an, die sich erneut zu seinem Gesicht beugt. Es bewegt den Kopf weiter zur Musik, die Frau sucht den kauenden Mund, die Lippen, die glänzen, sie küsst den Mundwinkel des Mädchens. Die Frau ist in Annes Alter, füllig, ein frisches Gesicht unter silbrig blonden Haaren. Es ist zu spät, um noch Kaffee zu trinken. Anne lässt den Espresso unberührt stehen, legt Münzen auf den Tisch, viel zu viel, damit es bestimmt nicht zu wenig ist. Auf die Rechnung will sie nicht warten, sie verlässt das Lokal und nimmt in ihrem Körper den ungeduldigen Rhythmus mit.

Auf ihrer Wanderung registriert Anne die Spuren, die der Sturm hinterlassen hat. Vielerorts machen sich Menschen daran zu schaffen. Quer über eine Straße ein rotes Band, ein breites, aus festem Stoff. Anne glaubt sich an Veranstaltungen zu erinnern, bei denen solche Bänder gespannt waren, in ihrer Kindheit. Der Wind ist schneekalt, Anne spürt es an der Kopfhaut. Wenn sie morgens vor dem Spiegel die Haare hochsteckt, scheint ihr von Zeit zu Zeit, es seien weniger geworden. So schönes, dichtes Haar, seufzt die Friseurin jedesmal. Anne zweifelt seit jeher an ihrer Aufrichtigkeit. Sie war lange nicht mehr dort. Beim nächsten Mal wird sie darauf achten, ob die Friseurin das dichte Haar beseufzt oder stillschweigend über das Ausdünnen hinweggeht. Abends sitzt Anne im Wohnzimmer. Als sie aufblickt, sieht sie Thomas in der Tür zum Vorzimmer stehen. Ihr scheint, sie sieht ihn nur noch in Türrahmen stehen, auf der Schwelle zur Küche, zum Wohnzimmer, beim Verlassen der Wohnung. Möglicherweise verbringt er auch die Nächte nicht auf der ausgezogenen Couch in seinem Zimmer, sondern steht dort in der Tür und schläft mit einem angewinkelten Bein und offenen Augen, wie die Pferde. Thomas macht einen Schritt ins Wohnzimmer, das Licht der Stehlampe beleuchtet ihn von vorn. Etwas ist mit seinem Gesicht passiert, Anne wendet den Blick ab und schaut dann noch einmal vorsätzlich hin. Sie hat sagen hören, jemand sei grau im Gesicht, und sich über das Bild gewundert. Es ist nicht möglich, ein graues Gesicht zu haben, und doch empfindet sie Thomas' Gesicht genau so. Farblos und verschmutzt zugleich. Die Haut uneben, die Tränensäcke, wie gepolstert, drücken gemeinsam mit den geschwollenen oberen Lidern auf die Augen. Die Falten von den Nasenflügeln zu den Mundwinkeln unterstreichen dunkelgrau die müden Wangen. Eingehend betrachtet Anne dieses Gesicht, sie hat ihr Entsetzen überwunden. Thomas scheint tief in Gedanken, er tritt zum Esstisch und schlägt die Zeitung auf, die dort liegt. Er sieht nicht nur alt aus, vielmehr verkommen. Hast du Sorgen, fragt Anne. Thomas lächelt freundlich abwehrend in ihre Richtung. Sie sieht ihm weiter zu, wie er seine Zeitung nimmt, durchs Zimmer geht, sich in den Sessel neben dem Kanapee setzt. Die Zeitung umblättert, auf den Glastisch legt, sich nach vorne beugt, die Arme auf die Oberschenkel gestützt, als wolle er seinen schweren, grauen Kopf irgendwo ablegen. Wie geht es dir, fragt er und dann noch einmal: Wie geht es dir denn? Er streckt einen Arm aus, der nicht bis zu Annes Knie reicht, und legt die Hand daneben ab, zieht sie zurück und stützt den Arm wieder auf, neben den anderen, damit der Oberkörper darüber nicht einstürzt. Es habe ihr ein seltsames Vergnügen bereitet, sagt Anne, heute die Sturmschäden zu sehen. Die ganze Stadt ein wenig in Auflösung, aber geschäftig. Thomas nickt. Und in der Schule? Oh, sagt Anne. Sie schweigen. Du stehst wohl neben dir, sagt Anne und Thomas nickt freundlich. Du stehst überhaupt ganz woanders. Er streicht sich über den Kopf und richtet sich auf. Nun gut, sagt er wie zum Abschluss eines Gesprächs, nimmt dann wieder die Zeitung zur Hand. An diesem Abend studiert Anne die Restaurantrechnungen. Sie fragt sich, ob das Mädchen so vorsichtig ist und bereits keinen Alkohol mehr trinkt. Ein oder zwei Gläser Wein, die kann Thomas getrunken haben, das Mädchen wollte nur Saft. Es kann aber auch sein, dass Thomas den Saft bestellt, wegen seiner Magenbeschwerden. Wenn er sich nach dem Essen besser fühlt, trinkt er doch noch einen Wein mit dem Mädchen. Ein paar Wochen lang findet Anne weniger Belege, oft kommt Thomas früher nachhause. Er setzt sich zu ihr ins Wohnzimmer und Anne bleibt noch eine Viertelstunde sitzen, ehe sie sagt, sie sei müde. Sie putzt sich im Bad die Zähne, wäscht ihr Gesicht. Sie schließt die Schlafzimmertür hinter sich und liest im Bett weiter. Sie wird keine Rechnung für einen Schwangerschaftstest finden, weil Thomas diesen Tests schon lange nicht mehr vertraut. Als die Blutung endlich einsetzt, ist Thomas so erleichtert, dass er das Mädchen aufs Bett zieht und küsst und festhält, und dann ist er umstandslos eingeschlafen. Das Mädchen betrachtet ihn eine Weile, steht dann vorsichtig auf und geht in die Küche. Leise schließt es die Tür hinter sich, ebenso leise öffnet es das Fenster und eine Schublade im Küchenregal. Aus dem Fenster gebeugt raucht das Mädchen eine Zigarette. Als Thomas aufwacht, hat es sich die Hände mit Lavendelseife gewaschen und ein Salbeizuckerl gelutscht, das es in Thomas' Manteltasche gefunden hat. Thomas freut sich, das Mädchen neben sich zu sehen. Er versteht nicht, wieso es so misstrauisch dreinschaut.

Anne steht noch einmal auf und geht durch die dunkle Wohnung, um ein Glas Wasser zu holen. Thomas' Mantel hängt nicht in der Garderobe. Anne setzt sich im Wohnzimmer aufs Kanapee und stellt das Wasserglas ab. Glas auf Glas kratzt. Schon im Schlafzimmer hat sie das Mädchen gespürt, ruhelos vor der Tür auftauchen und wieder verschwinden. Komm doch, sagt Anne. Wenn es sich nähert, bewegen sich die Haare auf Annes Unterarm. Sie streckt den Arm in die kühle Dunkelheit. Komm doch. Wie kalt diesem Luftwesen unablässig sein muss. Ich wärme dir die Hände, sagt Anne. Immer hat sie Probleme mit ihren kalten Händen gehabt. Eine schlechte Durchblutung, vom Vater geerbt. Die Mutter war es, die sich für dieses Erbe entschuldigte, wenn sie sah, wie Anne ihre Übungen machte, ehe sie zu spielen begann, die Hände massierte, die Finger zur Faust schloss und streckte, die Kuppen gegeneinanderpresste. Wenn sie den ganzen Tag geübt hatte, hielt die Wärme in den Händen noch einige Stunden an. Die Wärme gab Anne eine Kampfeslust ein, veränderte ihren Gang, wenn sie das Konservatorium verließ. Ihre warmen Hände konnten es mit der Welt aufnehmen. Die kalten Finger sind ständig in Gefahr, zu brechen, überstrapaziert zu werden, in einer jähen Bewegung Schaden zu nehmen an Sehnen und Muskeln. Über Nacht kühlen die Hände aus und morgens trägt Anne sie vor sich her ins Badezimmer und hält sie unter warmes Wasser. Manchmal hat Thomas in der Früh, wenn er in die Küche kam und Anne mit bedächtigen Bewegungen Kaffee und Tee kochte, Geschirr und Brot auf den Tisch stellte, ihre Hände genommen und an seinen Hals gelegt, rechts und links. Thomas' Hals war immer warm, auf einer Seite fühlte Anne seinen Puls unter ihren Fingern. Sie zieht die ausgestreckte Hand zurück und legt sie an ihren Hals, in die Beuge mit dem Puls. Ich bin auch warm hier. Komm nur näher. Jeden Monat ist Thomas erleichtert, wenn die Blutung einsetzt. Das Mädchen mag die Fröhlichkeit nicht, die ihn dann überkommt. Er will den Körper des Mädchens liebkosen, als sei er sein Komplize, und das Mädchen entzieht den Körper, setzt sich aufrecht hin, eine Armlänge Abstand. Ich will kein Kind, sagt es. Das sei rein biologisch, sagt Thomas. Du bist ein Weibchen. Das Mädchen nimmt es Thomas und ihrem Körper übel, dass die beiden eine eigene Beziehung unterhalten. Der Körper reagiert zutraulich auf Thomas' Geruch, auch wenn das Mädchen ihn zurückweisen will. Er möge keine Parfums, sagt Thomas, er finde Parfums an Männern grässlich. Als sie sich bereits gut kannten, hat Anne ihm ein Eau de Toilette geschenkt. Sie fand sein Parfum zu schwer, auch benutzte er zu viel davon. Das sagte sie ihm nicht, trotzdem war er gekränkt. Einige Wochen stand das Eau de Toilette unangetastet herum, dann begann Thomas es zu verwenden, sehr sparsam, sodass Anne es erst nach einer Weile bemerkte. Das Mädchen hat einen frischen und geschmackvollen Duft, den es auf die Kleidung sprüht. Die meisten Frauen, hat Anne Thomas erklärt, wüssten nicht, wie man Parfum richtig aufträgt. Er hat geistesabwesend genickt. Man müsse das Parfum auf den Hals tupfen, hat Anne weiter gesagt, dort, wo der Puls zu spüren sei. Es ist die Stelle, an der Thomas ihre Hände gewärmt hat, wo Annes Hand nun an ihrem eigenen Hals liegt. Wenn man das Parfum hier aufträgt, wird es zu einem Teil des Körpergeruchs. Würde das Mädchen sein Parfum auf diese Stelle am Hals tupfen anstatt es auf die Kleidung zu sprühen, bliebe der frische, geschmackvolle Duft auch weniger an Thomas haften. Thomas sagt, der Geruch des Mädchens würde sich an den fruchtbaren Tagen verändern. Er ist dann besonders vorsichtig. In manchen Monaten ergibt es sich, dass Thomas und das Mädchen sich an diesen Tagen nicht sehen. An den Rechnungen liest Anne einen Kreislauf ab. Unter der Haut spürt sie das Blut stärker pulsieren. Sie ist fassungslos über Thomas' Unvorsichtigkeit. Sie würde ihn gern zur Rede stellen, als den älteren der beiden in die Verantwortung nehmen, aber mit ihm kann sie darüber nicht sprechen. Anne müsse das doch wissen, sagt das Mädchen. Es hat sich in der Nacht neben Anne auf das Kanapee gesetzt. Sie müsse das doch wissen. Beim ersten Mal hat das Mädchen ein Präservativ aus dem Nachtkästchen geholt, selbstverständlich. Es hat aber nicht gewusst, dass die Verwendung schwierig sein kann. Das Mädchen zögert. Ab einem gewissen Alter. Anne hütet sich davor, zu lachen, sie will das Mädchen nicht verscheuchen. In der Dunkelheit aber kann sie schmunzeln, ohne dass das Mädchen es sieht. Seiner Freundin erklärt das Mädchen, die Erregung sei anders, tiefer. Es dauere länger. Der Vorteil sei, dass er nicht zu schnell komme. Das Mädchen und die Freundin lachen. In der Nacht sitzt das Mädchen neben Anne auf dem Kanapee und will wissen, ob wahr ist, was Thomas erzählt. In jüngeren Jahren habe er mit einer Frau schlafen und, wenn sie die Augen geschlossen hatte, zugleich den Klappentext des Buches auf dem Nachtkästchen lesen können. Zuerst hat das Mädchen sich gefragt, warum er angeben will, und dann, ob wohl wahr ist, was er erzählt. Eine Erinnerung löst sich in Anne, ein Luftzug an Schläfe und Wange. Wenn er daran denke, wie er einmal währenddessen den Klappentext eines Buches neben dem Bett gelesen habe, sagte Thomas. Und wie anders es nun mit Anne sei. Er hat sie angesehen, sie reagiert auf sein Lächeln, eine unwillkürliche Bewegung von Kopf und Schultern. In der Dunkelheit im Wohnzimmer wartet das Mädchen neben ihr auf eine Antwort. Es will wissen, ob wahr ist, was Thomas erzählt. Va t'en, sagt Anne. Geh weg. Sie sagt es freundlich.

Zunächst einmal weiß er, wie ein Zyklus abläuft, sagt das Mädchen. Das sei nicht selbstverständlich, sagt die Freundin. Er wisse immer, an welchem Tag sie ungefähr sei. Die Freundin findet das beachtlich. Müsstest du nicht die Regel bekommen, fragt Thomas. Sie fühle sich wie unter Beobachtung, hat Anne einmal gesagt. Andere Frauen würden sich über Männer beschweren, die damit nichts zu tun haben wollten, hat Thomas gesagt. Es könne sich ja, sagt die Freundin zum Mädchen, auch um bloßes Eigeninteresse handeln. Als Annes Zyklus sich zum letzten Mal umstellte, hat sie Thomas nichts davon erzählt. Die Abstände zwischen den Blutungen sind größer geworden, die letzte war vor vielen Monaten, Anne weiß nicht, wie viele es sind. Sie hat aufgehört, den ersten Tag mit einem Sternchen in ihrem Kalender zu markieren. Im Badezimmer steht seit einem Jahr oder zwei Jahren dieselbe Schachtel mit Tampons. Mit der Zeit ist die Schachtel auf dem Regalbrett nach hinten gerückt, davor ein pflanzliches Mittel gegen Sodbrennen. Die Mönchspfeffertabletten bewahrt Anne in ihrem Teil des Wandschränkchens auf. Thomas wird es nicht bemerken, wenn die Tamponschachtel einmal verschwindet. Anne probiert es, zieht die Schachtel hinter dem Mittel gegen Sodbrennen hervor. Die obere Lasche ist gewellt von der Feuchtigkeit im Bad. Es ist eine der großen Packungen, zur Hälfte voll. Anne stellt sie zurück, neben das Mittel gegen Sodbrennen. Bemerken könnte Thomas, dass der kleine, verschließbare Mistkübel im Klo schon seit einiger Zeit nicht mehr mit einem Plastiksack versehen ist.

Thomas richtete sich auf und sah an sich hinunter. Wie ein Metzger, sagte er, seine weggestreckten Hände betrachtend und die verklebten Haare auf seinem Bauch. Wenn sie während ihrer Blutung miteinander schliefen, dauerte die Ruhe danach nie lange. Er ging sich waschen und sie blieb zurück, blieb liegen und spürte zwischen ihren Schenkeln das Blut sickern. Immer bleibt ein Gran Traurigkeit, sagt Anne zu dem Mädchen. Das Mädchen hat sich geschämt, als es begriff, dass Thomas' Entsetzen nicht gespielt war. Es ist ins Bad gekommen, während er sich abtrocknete. In der Duschwanne stehend hat es die Menstruationstasse wieder eingesetzt. Eine schnelle, geübte Handbewegung, doch als es aufsah, begegnete das Mädchen seinem Blick. Was ist das? fragte Thomas und das Mädchen sagte, eine Menstruationstasse. Das ist ja schrecklich, sagte Thomas mit einem komischen Gesichtsausdruck. Das Mädchen setzte zu einer Erklärung an, die er unterbrach. Danke, er verstehe schon, sagte Thomas und ging aus dem Bad. Weißt du, mein Mädchen, hat er später gesagt, gewisse Dinge sollte man nicht teilen. Dass er auf einmal so prüde sei, hat das Mädchen gesagt und Thomas hat den Kopf hin und her bewegt. Etwas anderes, sagte er, diffizile Unterschiede. Vielleicht doch eine Generationenfrage, sagt die Freundin. Das Mädchen ist überzeugt, dass die Frau ohne Namen bei Thomas nie einen solchen Ekel verursacht hat. Als meine Klischeefranzösin, sagt es, ist sie unbekümmert frivol, aber nie geschmacklos. Die Freundin versteht nicht, was an einer Menstruationstasse geschmacklos sei. Es werde ihn, hat das Mädchen zu Thomas gesagt, in Zukunft verschonen.

Der Test aus der Apotheke hatte keine Schwangerschaft angezeigt. Es sei wahrscheinlich, dass sich die Krankheit ihrer Mutter psychosomatisch auf Anne auswirke, sagte Thomas. Es könne aber auch eine Zyste sein. Wieder eine Woche später war Anne zum Arzt gegangen. Sie konnte sehen, dass er die Freude bereithielt, davor jedoch die ärztliche Sachlichkeit, die immer angebracht war. Er beobachtete sie, und Anne sah, wie er die Freude weiter in den Hintergrund rückte. Er fragte nicht, was sie tun wollte, legte Wochen und Fristen dar. Möglicherweise war das Teil der üblichen Informationen, vielleicht hatte sie auch etwas nicht oder falsch verstanden. Der Frauenarzt war ein Bekannter von Thomas. Wegen der sprachlichen Unsicherheit war Anne in den ersten Jahren froh, diesen persönlichen Bezug zu dem Arzt zu haben. Er bestätigte ihr, was sie gewusst hatte, als die Blutung einsetzte, und schickte sie ins Krankenhaus. Man müsse sichergehen, dass nichts zurückbleibe. Es war ihre erste Vollnarkose. Sie erinnert sich an das paradiesische Nichtwissen nach dem Aufwachen. Als sie zur Kontrolle in die Praxis kam, stellte Anne sich vor, wie der Arzt und Thomas einander das nächste Mal begegnen würden. Der Arzt würde nicht sein Beileid ausdrücken. Thomas und er würden mit keinem Wort davon sprechen. Es war verrückt, zu einem Frauenarzt zu gehen, der mit dem eigenen Mann bekannt war. Thomas kümmerte sich um Anne, als sei sie depressiv erkrankt. Er wollte ihr Tee kochen und Anne sagte, ihr Magen sei nicht verdorben. Er führte sie zum Essen aus und erzählte von seiner Arbeit, betrieb Konversation, leichtfüßig, wie er es beherrscht, bis Anne auf die Toilette ging, weil sie das Weinen nicht bemeistern konnte. Wenn sie zurückkam, saß er am Tisch mit dem Gesicht eines Schuldners. Sobald er Anne bemerkte, lächelte er ihr aufmunternd entgegen. Manchmal bat er sie, mit ihm einen Spaziergang zu unternehmen, wenn sie vormittags nicht in die Schule musste. Er glaubte, die Bewegung an der frischen Luft würde ihr guttun, und sie ging neben ihm her. Ihre Traurigkeit sei hormonell bedingt und ganz natürlich, sagte Thomas. Er solle aufhören, über ihre Hormone zu sprechen, sagte Anne und Thomas verstummte.

Es ist kälter geworden. Anne hat Handschuhe gekauft, wie man sie bei Bergwanderungen nimmt. Wenn ihre Hände Frostschäden davontragen, müsste sie in Frühpension gehen, Teilinvalidität. Wahrscheinlich könnte sie aber auch mit Frostschäden weiterhin unterrichten und niemand würde bemerken, dass sie nicht mehr richtig spielen kann. Sie strebt nun jeden Tag in den Norden der Stadt, dort findet sie weite asphaltierte Flächen und Blöcke von Gebäuden, in denen phantastisch viele Menschen leben. Anne verlangt es nach Augenblicken, in denen keiner von ihnen zu sehen ist. In den asphaltierten Flächen sind Gebilde aus Stahl festgeschraubt, auf denen Kinder spielen sollen. Daneben Behältnisse, gefüllt mit Sand oder dunkler Baumrinde. Es ist zu kalt, um die Kinder spielen zu lassen, zu kalt auch, um sich im Freien aufzuhalten. Der Himmel eine Leinwand, meist schmutzig zwischen Weiß und Grau und dunkleren Farben. Anne kommt jeden Tag, in unterschiedliche Siedlungen. Über einzelne Menschen kann sie sich zuweilen freuen, auch über zwei, wenn sie schweigend nebeneinander gehen. Sprechen sollen sie nicht und sie dürfen Anne nicht bemerken. Alte Leute mag Anne, die sind oft schweigsam, sehen auch nicht mehr gut. Die Aufmerksamkeit der Alten gilt den Einkäufen, die sie nachhause tragen. Im Winter sind sie ganz auf ihre Schritte konzentriert, halten sich dicht an den Hauswänden. Die Kinder werden an der Hand geführt, sie sind immer zu langsam und haben den Kopf ein wenig nach hinten gelegt, die Haube zu tief über den Augen. Die Kinder sehen Anne, sagen aber nichts, drehen den Kopf, bis sie von der Hand, die sie zieht, wieder nach vorne ausgerichtet werden. Anne sucht die Linien von Hauskanten und Dächern, die in die Leinwand weisen, die der Himmel ist. Sie steht gern am Rand von Durchgängen, von hier aus hat sie einen guten Blick. Manchmal zählt sie die Fenster an einer Fassade, um zu errechnen, wie viele Menschen dahinter wohnen. Immer öffnet sich irgendein Fenster, sodass Anne die Zahl vergisst, bei der sie angelangt war. Sie macht sich auf den Rückweg, durchwandert mehrere Stadtteile und sieht schließlich, im Dunkel des Winternachmittags, eine beleuchtete Kuppel, erklimmt die Stiegen hinauf zur alten Sternwarte. Das Restaurant darin lebt von seiner Vergangenheit, die Speisen könnte Anne sich nicht leisten. Es ist jedoch ungewiss, ob sie überhaupt noch zubereitet werden, essen sieht man niemanden. Anne bittet um einen Tisch am Fenster und ein Glas vom Hauswein. Als sie den Kellner rauchen sieht, bittet sie außerdem um eine Zigarette, die er gewährt. Unter ihr liegt schwarz der Fluss, am gegenüberliegenden Ufer ziehen die Lichter der Autos stromaufwärts. Außen am Fenster werden sehr kleine Schneeflocken vorbeigetrieben, vielleicht sind es auch Eiskörner. Anne lässt die Zigarette den Hunger betäuben mit leichtem Schwindel. Das Mädchen raucht nun hin und wieder vor Thomas und er beobachtet es dabei. Es hält die Zigarette vorne zwischen den Fingern wie etwa einen Stift, den Kopf leicht gesenkt. Es gibt nichts Unvernünftigeres als zu rauchen, findet Thomas. Eben deshalb. Von schräg unten schaut das Mädchen herauf. Thomas sagt nichts, schon länger nicht mehr. Siehst du, sagt er, aber nur das, wenn das Mädchen krank ist, Halsentzündung. Warmes Wasser mit Honig trinken, sagt Thomas. Nicht zu heiß, um die Wirkstoffe nicht zu zerstören. Wenn es Schmerzen habe, abends zum Einschlafen Aspirin. Die Freundin solle dem Mädchen Kiwis bringen. Er selbst könne nicht vorbeikommen, entschuldigt sich Thomas, es wäre eine Katastrophe, wenn er jetzt krank würde. Er sei ohnehin schon angeschlagen. Da er aber nun einmal nicht zu Besuch kommen kann, verspricht er, das Mädchen mindestens einmal am Tag anzurufen.

Als sie bereits in der Nähe der Wohnung die leere Straße entlanggeht, hört Anne ein Brüllen und sieht im selben Moment die Gestalt an der nächsten Kreuzung, auf der anderen Straßenseite. Die Gestalt hüpft und schlägt, als würde sie von innen auseinandergerissen, Arme und Beine im gleichen Rhythmus. Ein junger Mann, schemenschmaler Körper, Anne erkennt enge Hosen und eine Kappe mit breitem Schirm. Er hüpft und brüllt und boxt gegen einen Laternenmast. Anne blickt sich um, sieht einen Passanten eilig entgegenkommen und geht ebenfalls schneller. Als sie an der Kreuzung auf gleicher Höhe sind, ist die Gestalt brüllend in die nächste Gasse gehüpft. Anne will einen Blick mit dem Passanten tauschen, ein kurzes Einverständnis, ihre Erleichterung, doch der Mann schaut stur vor sich hin. In der Wohnung ist es still. Das Huschen und Wispern beginnt erst, wenn Anne Schuhe und Mantel ausgezogen hat. Das Mädchen weiß, dass Anne es nicht leiden kann, damit begrüßt zu werden, und deshalb bisweilen gleich wieder gegangen ist. Sie stellt sich vor, wie das Mädchen und die Katze während ihrer Abwesenheit am Fensterbrett sitzen und Ausschau halten. Das Mädchen beugt den Kopf zur Katze hinunter und gibt Anweisungen, sich ruhig zu verhalten. Anne öffnet den Kühlschrank. Eine angebrochene Butterpackung, ein Glas Marmelade, eine Schüssel mit Weintrauben. Anne steckt eine Traube in den Mund, kalt und ohne Geschmack. Hallo, sagt jemand hinter ihr, heftig dreht Anne sich herum. Was ist los? fragt Thomas. Er lehnt im Türrahmen und hat eine Wolldecke um die Schultern gelegt. Er hustet. Bist du krank? fragt Anne und schaut auf seine nackten Knie. Machst du Tee? Anne löst mit dem Nicken endlich ihren Blick von seinen Knien, schaut in sein nacktes Gesicht, wendet sich ab. Thomas setzt sich an den Küchentisch. Wo warst du so lange? Seine Stimme seltsam hell, er weiß nicht, wie er die Wörter betonen soll. An der Kreuzung vor der Bank, sagt Anne, ist einer ausgerastet, der hat mit einem Pfahl geboxt. Mit einem Pfahl geboxt, wiederholt Thomas. Er hat die nackten Beine übergeschlagen und die Arme mit der Wolldecke vor der Brust verschränkt. Wohin hast du denn die Medikamente geräumt, fragt er. Anne will wissen, was er braucht, sie werde es ihm bringen. Die Medikamente sind in einer Schachtel im Bad, aber Anne kann sie nicht finden. Sie sucht in der Küche, im Wohnzimmer und im Abstellraum nach der Schachtel und wundert sich über all das Zeug und die Unordnung. Sie sucht im Vorzimmer und hat schon begriffen, dass sie die Schachtel nicht finden wird. Es tue ihr leid, sagt Anne in der Tür zu Thomas' Zimmer, die Schachtel sei verschwunden. Welche Schachtel? Thomas klingt verärgert. Die Schachtel mit den Medikamenten. Es sei eiskalt in der Wohnung, sagt Thomas und Anne muss nach dem Regler für die Heizung suchen. Es sollte bald wärmer werden. Der Tee hat zu lange gezogen, Anne schenkt trotzdem eine Tasse voll und trägt sie in Thomas' Zimmer. Er liegt auf seiner Schlafcouch. Auf dem Tischchen am Kopfende Bücher, dazwischen Wassergläser. Anne stellt die Tasse ab, greift nach den leeren Gläsern, stapelt sie ineinander, sammelt auch die Espressotassen ein. Auf der Tischplatte Staub, darin glasrunde Abdrücke. Anne trägt das Geschirr in die Küche und kommt mit einem feuchten Schwamm zurück. Hebt die Bücher hoch und wischt über die Fläche darunter. Bemerkt Thomas, der sich aufgestützt hat, den Nacken unnatürlich gerade. Der Geruch seiner Haare. Anne hört auf zu wischen, kommt aus ihrer gebückten Haltung hoch. Hast du geraucht? fragt Thomas. Er blickt an ihr vorbei zum Fenster. In der Stille hört Anne es huschen, das Geräusch eines Handtuchs, das auf Fliesen fällt. Auf dem Parkett scharrt das Telefon, Anne sieht es leuchten, halb verborgen unter der Couch. Sie schaut auf und Thomas schaut sie jetzt an, sie geht aus dem Zimmer. Schließt die Tür hinter sich, bemerkt die Bücher in ihrer Hand und legt sie vor die geschlossene Tür auf die Schwelle.

Am Morgen sind Dächer und Wege von gefrorener Luft weiß bedeckt. Anne zieht unter der Hose eine Strumpfhose und zwei Paar Socken an. Im Kaffeehaus sind einzelne Gewohnheitsgäste, jeder von ihnen in einer Ecke oder Nische, als suchten sie noch ein wenig Schutz. Drei Frauen sieht Anne, alle haben sie einen großen Schal über Schultern und Rücken gebreitet. Man blickt sich nicht direkt an um diese Tageszeit, man schont sich. Die Kellner halten etwas mehr Abstand, stellen sich seitlich zu den Tischen und neigen die Köpfe. Eine Stunde dauert die morgendliche Behutsamkeit, an diesem Tag noch etwas länger, wegen der gefrorenen Oberflächen, doch als diese mittags tauen, hat die Geschäftigkeit schon lange begonnen. Anne bricht zu ihrer Wanderung auf, verlässt das Kaffeehaus in Richtung Norden. Sie kommt an einer Apotheke vorbei. Thomas fällt ihr ein. Sie dreht um und geht zurück. In der Apotheke verlangt sie etwas gegen eine Erkältung und wird nach Symptomen gefragt. Husten, sagt Anne und bejaht die Frage nach Reizhusten, weil sie keine Alternative weiß. Wie alt ist das Kind? fragt die Apothekerin. Einen Moment lang schauen sie sich erstaunt an, ehe die Apothekerin sich entschuldigt. Handle es sich überhaupt um ein Kind? Nein, sagt Anne, um einen, sie setzt noch einmal an: um meinen Mann. Die Apothekerin bemüht sich, nicht zu lachen. Auf dem Weg zur Wohnung geht Anne in einen Supermarkt, legt Brot, Butter und Äpfel in einen Korb und macht kehrt, als sie schon an der Kassa steht. Noch einmal bleibt sie vor jedem Regal stehen, betrachtet ein Dutzend Chipspackungen, ehe sie sich besinnt und aus dem Regal daneben Tee nimmt. In der Gemüseabteilung findet sie ein Bund Suppengrün, das scheint ihr richtig, doch auf dem Weg zur Kassa kommt erneut die Ratlosigkeit. Sie packt noch einige Becher Joghurt in den Korb, eine Tafel Schokolade. Aus Thomas'

Zimmer dringen Stimmen, eine Männerstimme, dunkler als seine, eher ein Bass. Eine eilige Frauenstimme, auch sie zu sauber, Radiostimmen. Thomas liegt auf der Couch, Anne fragt, wie es um seinen Husten stehe. Sie gibt ihm das Medikament und sagt, sie werde Tee machen, verlässt das Zimmer, ehe er sagen kann, er habe doch gar keinen Reizhusten. Ob es etwas zum Abendessen gebe, ruft Thomas ihr nach und sie ruft zurück: Suppe! Später steht sie vor dem Kühlschrank und hält das Suppengrün in der Hand. Sie hat ein Holzbrett und ein Messer bereitgelegt. Ihr scheint, es fehlen Zutaten. Schließlich legt sie das Suppengrün zurück in die Gemüselade. Ohne Thomas etwas zu sagen, geht Anne noch einmal nach draußen und holt von dem vietnamesischen Restaurant Suppe zum Mitnehmen. Am nächsten Tag geht Thomas wieder zur Arbeit. Anne hört, wie er die Wohnung verlässt, dann steht auch sie auf. In der Küche trinkt sie ein Glas Wasser. Auf dem Tisch liegt das Büchlein mit Telefonnummern, das sie seit vielen Jahren führen. Der Umschlag ist abgegriffen, einige Blätter haben sich aus der Heftung gelöst, lose Zettel sind zwischen die Seiten eingelegt. Wegen der Mobiltelefone benutzen sie das Büchlein nur mehr selten. Es ist auf der Seite mit den Ärztenummern aufgeschlagen. Zum Zahnarzt sollte sie gehen, denkt Anne, zum Frauenarzt auch.

Als das Mädchen einmal vor lauter Verspannungen den Kopf nicht mehr zur Seite drehen kann, vereinbart Thomas einen Termin bei seinem Osteopathen und bringt das Mädchen im Auto hin. Das Mädchen hört zu, wie Thomas und der Osteopath sich unterhalten, es verabredet sich mit Thomas für später und nimmt auf der Liege Platz. Ein wenig muss es warten. Der Osteopath hat Thomas gefragt, ob sie wieder einmal zusammen laufen gehen. Gleich nächste Woche, hat Thomas gesagt. Er müsse sich in Form bringen. Das Mädchen wird ihn fragen, wie lange er den Osteopathen schon kennt. Es hört, wie der Osteopath eine Frau zum Ausgang begleitet. Die Frau hat eine angenehme Stimme und einen leichten Akzent, den das Mädchen keiner Sprache zuordnen kann. Die Frau ohne Namen ist Pianistin, weiß das Mädchen, seit es wieder einmal in einem von Thomas' zerstreuten Momenten so lange nachgefragt hat, bis er die Geduld verlor. Als Pianistin muss die Frau ohne Namen auf ihre Haltung achten, bestimmt hat sie manchmal Rückenschmerzen. Er sei der Beste, hat Thomas über den Osteopathen gesagt, zu einem anderen zu gehen, sei nutzlos. Das Mädchen stellt sich vor, dass Thomas und der Osteopath miteinander laufen gehen und der Osteopath sagt: Na, und diese junge Frau. Er grinst und schaut zu Thomas hinüber, der sagt: Nein, nein, du täuschst dich. Aber auch er muss grinsen, und der Osteopath sagt: Mein Lieber, mein Lieber. Der Osteopath kommt in den Behandlungsraum, entschuldigt sich für die Wartezeit. Dann wollen wir mal. Dem Mädchen geht es nach der Behandlung viel besser. Als die Schmerzen nach einigen Wochen erneut auftreten, will es trotzdem nicht wieder zu dem Osteopathen. Ob es wegen des Geldes sei, fragt Thomas, darum solle sich das Mädchen keine Sorgen machen. Es habe momentan einfach keine Zeit, sagt das Mädchen. Das versteht

Thomas. Du bist tüchtig, sagt er, tüchtig und ehrgeizig. Ich hasse es, sagt das Mädchen zu seiner Freundin, wenn er so etwas sagt. Er klingt dann wie ein alter Mann. Tüchtig, sagt die Freundin, das verwendet doch kein Mensch mehr. Das Mädchen sagt, in Kinderbüchern vielleicht, da sind kleine Mädchen tüchtig, die im Haushalt helfen. In Kinderbüchern von vor hundert Jahren, sagt die Freundin. Wenn das Mädchen körperliche Beschwerden hat, hört Thomas geduldig zu, er bietet Erklärungen an, dann seufzt er und stellt fest, dass das Mädchen kerngesund ist. Du weiß noch gar nicht, sagt er, wie viel du aushältst. Es gibt jedoch etwas, das Thomas aufmerksam beobachtet, auch wenn er nichts sagt. Bloß einmal, als das Mädchen sich nach etwas bückte und er daneben stand, sagte er: Du hast einen Hintern wie ein Junge. Thomas kann nichts dagegen tun, dass das Mädchen immer dünner wird. Auf den Rechnungen sieht Anne, dass das Mädchen oft nur eine Vorspeise oder einen Salat isst. Es solle bestellen, worauf es Lust habe, sagt Thomas, er werde aufessen, was es übriglasse, aber das Mädchen mag nur etwas Leichtes. Manchmal bestellt es dafür ein Dessert, aber an der Auswahl erkennt Anne, dass Thomas mindestens die Hälfte davon isst. Kaiserschmarrn, Eispalatschinken, Tiramisu. Wenn er das Mädchen abholt und fragt, ob es schon gegessen habe, macht es eine Geste mit den Schultern, als wisse es die Antwort nicht. Wenn Thomas seine Erschöpfung ausdrückt, indem er die Finger auf die Augen legt und dann die Hände sinken lässt, begegnet er dem Blick des Mädchens, das nichts fragt. Er sei müde, sagt Thomas. Das sei keineswegs verwunderlich, sagt das Mädchen. Er nennt es altklug. Das ist dein Einfluss, sagt das Mädchen, wenigstens die erste Hälfte davon. Es muss lachen und Thomas zögert, aber wenigstens ist etwas vom Übermut des Mädchens zurückgekehrt.

Die Mutter hat Anne beigebracht, an der Kleidung der Menschen abzulesen, ob einer reich ist oder arm, ob er sorgfältig ist, ob er flicken kann oder jemanden hat, der es für ihn tut, ob jemand aufgehört hat, achtzugeben. Ohne danach zu suchen, nimmt Anne nach wie vor die Zeichen wahr, befleckte Hosenbeine, schmutzige oder abgestoßene Krägen, gestärkte und ungebügelte, eingerissene Stoffränder, lose Säume und fadenscheiniges Gewebe, oder auch die verdreckten unteren Kleiderschichten, die an den Ärmeln hervorlugen. Anne aber hält diese Zeichen für nutzlos. Vielleicht haben sich auch die Zeiten geändert. Annes Wachsamkeit wird durch etwas anderes ausgelöst, durch eine Spannung in der Körpermitte, ein verhaltenes, gerade noch verhaltenes Vorwärtsstürmen und Losspringen. Wenn ihr ein solcher Körper unterkommt, schaut Anne weiter auf die Hände, angewinkelte Arme, als hielten sie schon etwas fest, und auf den Hals. Ist auf einem Körper der Hals wie ein Verteidigungspfosten festgezurrt, weicht Anne aus, zunächst dem Blick, manchmal auf die andere Straßenseite. Die Tage werden schon länger, trotzdem dämmert es jetzt, um fünf Uhr. Seit dem Morgen war der Himmel bewölkt, zwischendurch hat es geregnet. Im Radio sprach man von drohenden Atomschlägen. Anne hat Thomas seit zwei Tagen nicht gesehen, nur einmal gehört, als sie im Bett lag. Sie hätte gern, dass er jetzt bei ihr ist und über ihre Ängste spottet und dass sie ihm Glauben schenken könnte. Er würde sagen, dass es immer weitergehe. Ob sie sich nicht erinnere, wie nahe das Ende schien, als Tschernobyl passierte. Sie weiß, was er sagen würde. Es hilft nicht. In seinem Mantel hat sie eine Rechnung gefunden von einem Schokoladehersteller, der sein Kaffeehaus salon de thé nennt. Zweimal chocolat chaud, ein éclair au café und eine tartelette aux framboises. Die Kundschaft des salon de thé spricht offenbar Französisch. Thomas erinnert sich wahrscheinlich nicht einmal, was framboises sind. Anne hat die Rechnung in ihr Heft übertragen. Ihr Vater ging hin und wieder am Wochenende mit Anne aus und bestellte verschiedene kleine Törtchen und runde Kekse. Sie durfte von allem kosten. Was sie übrigließ, aß der Vater, aber erst am Schluss, wenn Anne genug hatte. Sie geht durch eine Touristengruppe, ohne in die Gesichter zu schauen. Das Mädchen ist nicht gut drauf gewesen, so hat es gesagt, es fühle sich müde und schwach. Thomas wollte ihm etwas Gutes tun, es auf eine heiße Schokolade einladen, richtige heiße Schokolade, nicht Kakaopulver mit Milch. Ich bin doch kein Kind, sagte das Mädchen unwillig, aber man müsse doch kein Kind sein, erwiderte Thomas, um sich von heißer Schokolade trösten zu lassen. Anne weiß, dass nicht Thomas den éclair au café gegessen hat. Thomas mag keinen Brandteig, so wie auch Anne als Kind keinen Brandteig mochte. Ein éclair au café war das Einzige, was der Vater nur für sich bestellte.

Ja, will Anne sagen, als es an ihrer Zimmertür klopft. Sie öffnet den Mund und bleibt stumm, sie räuspert sich, da ist Thomas bereits eingetreten. Anne sitzt am Fenster, die Füße gegen den warmen Heizkörper gestemmt, auf den Knien das Notizheft. Sie wendet den Kopf nach hinten. Thomas steht neben dem Bett, das er nicht ansieht. Als sie hier das letzte Mal nebeneinander gelegen sind, hatte er sich wie ein Dieb hereingeschlichen und Anne fürchtete, das Mädchen könnte zu ihnen kommen, während sie schliefen. Thomas schaut Anne nicht direkt an, als er fragt, ob ihr die Hausarbeit zu viel werde. Sie räuspert sich erneut und Thomas spricht rasch weiter, er sei bereit, eine Putzfrau zu bezahlen. Anne stellt die Füße auf den Boden und will sich ganz herumdrehen. Sie solle es sich überlegen, sagt Thomas, er verstehe das. Mit einem Grußwort schließt er die Tür hinter sich. Anne legt die Füße zurück auf den Heizkörper. Im Haus gegenüber geht eine Gestalt hinter einem Vorhang auf und ab, dazu hört Anne Thomas' Schritte in der Wohnung. Später sieht sie sich im Bad um. Im Waschbecken sind gräuliche Schatten, um sie zu entfernen, wäre Essig nötig. In der Badewanne dunkle Spuren, als habe ein unsichtbarer Sommergast sich die erdigen Füße gewaschen. Anne wischt die Klobrille feucht ab, ehe sie sich darauf setzt. Sie betrachtet die Bodenfliesen rundherum und erkennt eingetrocknete Flecken. Sie haben sich noch nicht lange gekannt, zwei oder drei Jahre. Thomas arbeitete in Bologna und Anne war zu ihm gefahren, während einer seiner arbeitsreichsten Wochen. Er kam spätabends nachhause, um einige Stunden zu schlafen, und stand frühmorgens auf, um nachzuholen, was er am Vortag nicht geschafft hatte. Wann immer er Pausen machen konnte, trafen sie sich, um einen Kaffee zu trinken, zu Mittag zu essen, spazierenzugehen, eine halbe Stunde in der Sonne zu sitzen. Manchmal bat er sie, in sein Büro zu kommen, damit sie einige Minuten lang seinen Kopf an ihrer Brust umfangen hielt. Sie streichelte nicht, hielt ihn nur, fest, bis Thomas sich aufrichtete und sein Gesicht ruhig war wie nach einem langen Schlaf. Morgens stand er im Dunkeln auf. Er bemühte sich, keinen Lärm zu machen, und wusste nicht, dass er sich beständig mit sich selbst besprach. Anne hörte den Kaffee aufkochen, nahm den Geruch wahr und Thomas' Murmeln, und als sie erneut aufwachte, war er längst fort. An einem dieser Tage beugte sie sich im Bad unter dem schrägen Dach zum Fenster, um es zu schließen. Sie streckte einen Arm über die Toilette hinweg und schaute dabei nach unten. Im sauberen Wasser der Kloschüssel schwamm eine kleine, dunkle Kotkugel. Das Fenster war geschlossen, der gedämpfte Straßenlärm vertiefte die Stille, und die Vormittagssonne beschien das Wasser mit der Kotkugel darin, den Staub in den Ecken und den Schmutz auf dem Porzellan des Waschbeckens. Anne hatte vorgehabt, ins Stadtzentrum zu fahren, dort herumzustreifen und Zeit in Musikgeschäften und Buchhandlungen zu verbringen, bis sie Thomas treffen würde. Seit sie hier war, hatte sie ihn immer wieder gefragt, wie sie ihm helfen könne. Nun suchte sie in der Wohnung nach Putzmitteln und Putztüchern. Als Thomas am Abend aus dem Bad kam, fragte er, ob Anne geputzt habe. Er bedankte sich, obwohl es ihm, wie er sagte, ein wenig unangenehm war. Nie wieder, sagt die Freundin, würde sie für einen Mann putzen. Sie nimmt Kleidungsstücke vom Wäscheständer und sortiert sie in Stapeln. Ob Anne tatsächlich bis jetzt den gesamten Haushalt besorgt habe? Das sei die Abmachung, sagt Anne, dafür arbeite er mehr, verdiene vor allem mehr. Die Freundin entdeckt in einem Wäschestück ein Loch, streicht darüber, legt das Stück zur Seite. Es ist mir einfach zuwider, sagt Anne, laut und roh, sie duckt sich vor der eigenen Stimme. Dann nimm doch eine Putzfrau. Die Freundin klappt den Wäscheständer zusammen. Wenn er es schon anbiete. Ob Anne ein Glas Wein wolle?

Das Mädchen kennt die Schläfrigkeit in Thomas' Stimme, wenn sie miteinander im Bett liegen und sich ihre Gedanken erzählen. Das Mädchen spricht mehr als Thomas, der nach und nach wegtreibt, die Laute der Zustimmung werden seltener, bis er eingeschlafen ist. Das Mädchen hört auf zu sprechen. Es betrachtet Thomas' Gesicht, die fein gefältelte Haut unter den Augen, dunklere Halbmonde. Das Mädchen fragt sich, ob er einmal einen Herzinfarkt erleiden wird. Wenn es zu ihm sagt, er müsse besser auf seine Gesundheit achtgeben, streicht er dem Mädchen über die Wange, lässt die Hand dort, es spürt seinen kleinen Finger in der Beuge zwischen Kiefer und Hals. Er zieht die Stirn zu den drei steilen Falten zwischen den Augenbrauen zusammen. Das Mädchen legt einen Finger auf diese Stelle, im Schlaf sind die Falten weniger tief, die Spur, die sie in der Haut hinterlassen haben, umso deutlicher. Es ist Nachmittag. Sie waren eine Suppe essen, dann ist er mit ihr in die Wohnung gekommen, nun schläft er tief. Das Mädchen kann sich nicht erinnern, dass er von irgendwelchen Terminen gesprochen hätte. Wenn sie sich zu einem Nachmittagsstelldichein treffen, wie Thomas es nennt, bleibt er selten lang, meist bis zum frühen Abend. Er müsse später noch irgendwohin. Es sind vielleicht diese Abende, die er in seiner Wohnung mit der Frau verbringt oder an denen die beiden etwas miteinander unternehmen. Das Mädchen stellt sich vor, dass Thomas und die Frau ohne Namen mit Freunden verabredet sind. Der Schlafende zieht einen Arm unter der Decke hervor und legt ihn über seine Brust. Wenn es ihn schlafen ließe, würde er die Verabredung mit der Frau versäumen. Da Thomas sein Telefon ausschaltet, wenn er bei dem Mädchen ist, wird die Frau vergeblich anrufen. In seiner maßlosen Erschöpfung wird Thomas die ganze Nacht durchschlafen. Mit dem Mädchen könne er sich entspannen, sagt Thomas oft, nur hier komme er zur Ruhe. Das Mädchen dreht den Kopf, um auf den Wecker zu sehen. Fünf Uhr. Es spürt, wie es selbst müde wird. Es wird näher an Thomas heranrücken, nicht zu nahe, um ihn nicht zu wecken, und sich mit ihm in den Schlaf sinken lassen. Wenn sie morgen früh aufwachen, wird sich ohne ihr Zutun, einzig durch ihren tiefen gemeinsamen Schlaf, etwas verändert haben. Thomas bewegt den Arm auf seiner Brust und liegt dann wieder still. Das Mädchen rührt sich nicht. Es hat Mitleid mit der Frau, die eine ratlose, sorgenvolle Nacht verbringen wird. Thomas hebt eine Hand zur Stirn. Du meine Güte. Bin ich eingeschlafen? Er streckt den Arm nach dem Mädchen aus. Wie spät ist es? Ich weiß nicht, sagt das Mädchen, halb fünf oder so. Gut. Thomas lässt den Arm sinken, fährt sich mit beiden Händen über das Gesicht. In einer halben Stunde müsse er gehen. Das Mädchen richtet sich auf. Zu meinem großen Bedauern, sagt Thomas. Komm her. Er hält dem Mädchen seine geöffneten Arme entgegen. Das Mädchen schaut auf den Wecker. Es ist schon fünf vorbei, sagt es, du musst gehen. Du willst doch deine Frau nicht warten lassen. Thomas lacht. Das glaubst du also? Er will dem Mädchen erklären, worum es sich bei dem Termin am Abend handelt. Das Mädchen will es gar nicht wissen. Er wird versuchen, es nächste Woche so einzurichten, dass er eine Nacht hier bleiben kann, sagt Thomas. Mittwoch? Das Mädchen will so etwas nicht Monate im Voraus planen. Es wünscht sich, dass Thomas einfach einmal bleibt, wenn es schön ist. Es wisse doch, dass das nicht möglich sei, sagt Thomas und das Mädchen sagt, es müsse sich etwas ändern. Er habe gedacht, sagt Thomas, das Mädchen sei eine moderne, junge Frau. Überhaupt versteht Thomas das Mädchen nicht. Es schlafe doch gar nicht gut neben ihm, sagt er. Wenn das Mädchen von Thomas' Schnarchen geweckt worden ist, kann es eine Weile nicht mehr einschlafen. Es schiebt einen Arm unter der Decke hindurch und drückt gegen Thomas' Rücken, damit das Schnarchen eine Zeitlang aufhört. Am Morgen entschuldigt er sich. Früher habe er nie geschnarcht. Anne lacht. Als er noch nicht dreißig Jahre alt war, hat Thomas ihr erklärt, normalerweise schnarche er nie. Das Mädchen gewöhnt sich nicht daran, zu selten sind die Nächte, die sie miteinander verbringen. In den meisten Nächten hört Anne jemanden in die Wohnung kommen. Manchmal wacht sie im Morgengrauen auf und hört durch die Wand gedämpft den gebrochenen Atem eines Schläfers. Mindestens einmal in der Woche gibt es einen Beleg von einem Gasthaus, das sie nicht kennt. Es ist nicht in der Nähe von Thomas' Büro. Die Belege werden nachmittags ausgestellt. Eine Suppe, zweimal Traubensaft, ein Kaffee.

Von einem Tag auf den anderen ist es warm geworden. Es ist eine unangenehme Wärme, die sich auf Annes Gehör schlägt. Die Laute springen sie an, auf einmal ist da ein Ruf oder ein Schrei, ein Dröhnen, ein mechanisches Kreischen, und immer ist es dicht bei Anne, die keine Entfernungen mehr hört und sich umschauen muss, um die Quelle des Geräuschs ausfindig zu machen. Dort drüben steht ein Kind und brüllt, neben ihm kniet ein Vater, auf dem Gehweg liegt etwas, eine Süßigkeit, vielleicht auch Müll, der nichts mit den beiden und mit dem Zorn des Kindes zu tun hat. Oder ein geparktes Auto weiter oben in der Straße, an dem sämtliche Lichter leuchten und das wohl die schrillen Töne ausstößt. Anne geht langsam, auch wenn sie sich um Tempo bemüht, das zeigt ihr die Uhr. Wo sie die Zeit verliert, weiß Anne nicht. Sie gelangt nicht mehr in die äußeren Bezirke, die Wohnsiedlungen. Weil sie nicht mehr so schnell geht und sich auch nicht mehr auf ihr Gehör verlassen kann, schaut Anne nun öfter in die Auslagen. Manchmal fällt ihr ein Kleidungsstück auf, das sie an sich sehen will. Die Puppen in den Schaufenstern tragen bereits Frühlingsmode. Rottöne, die Verkäuferin spricht von karmesin, tomatenrot und koralle. In der Umkleide legt Anne ihren Rucksack ab. Sie zieht die Schnürschuhe aus, über die in feinen Wellen Salzränder laufen. Die Socken, die Jeans, den Pullover, das langärmlige Leibchen. Immer trägt sie denselben BH, der keine Körbchen hat und die Brüste flach am Körper hält, was fürs Gehen angenehm ist. Sie zieht ein tomatenrotes Kleid über den Kopf, es ist gerade geschnitten und endet über den Knien. Die Knie sind es nicht mehr gewohnt, an der Luft zu sein. Wie geht es Ihnen da drinnen? fragt vor der Umkleide die Verkäuferin. Danke, sagt Anne, die Größe passt. Sie zieht das tomatenrote Kleid wieder aus, zieht Leibchen, Pullover, Hose und Socken an, steigt in die Schuhe, bindet die Schnürsenkel fest, einmal um die Knöchel herum und zur Schlaufe. Tritt mit ihrem Rucksack aus der Kabine. Die Farbe, sagt sie, ist nicht ganz mein Ton. Anne, sagt eine Frau, die das Geschäft betreten hat. Hallo. Julia. Was für eine Überraschung. Wie lange hätten sie sich nicht mehr gesehen. Ob sie nicht einmal zu ihnen zum Essen kommen wollten, fragt Julia. Gleich nächsten Freitag. Sonst wird das nie etwas. Am Mittwoch telefoniert Anne, um Bescheid zu geben, dass Thomas keine Zeit habe, sie komme trotzdem gern.

Am Freitag zieht Anne eine Hose aus fein gewebtem Wollstoff an, einen BH mit Körbchen unter der Seidenbluse und an den Füßen dünne Nylonstrümpfe. Halbschuhe mit Riemchen um den Knöchel und Absatz. Sie lässt Feuchttücher und Creme im Rucksack, packt die Geldbörse und den Kosmetikbeutel in die Handtasche und steckt eine Schachtel Pralinen dazu, die sie für solche Gelegenheiten immer aus Frankreich mitnimmt. Beim Hinuntergehen durch das Stiegenhaus hat Anne die rechte Hand am Treppengeländer. Ihre Knie zeigen abwechselnd als spitze Winkel nach oben, die Fersen stoßen bei jedem Auftreten unvermutet auf Widerstand. Sie ist das Gehen mit hohen Schuhen nicht mehr gewöhnt, den Druck, der auf den Zehenballen lastet und in die Schienbeine hochzieht. An der Straßenbahnhaltestelle geht es schon besser. Sie kennt den Weg, auch Julia und Max sind nicht umgezogen. Lass die Schuhe ruhig an, sagt Julia. Schöne Schuhe seien das. Anne sagt, noch nie habe sie die mitten im Winter getragen. Es ist ungewöhnlich warm für Ende Februar. Anfang März, sagt Max, genaugenommen. Und Thomas sei wieder einmal sehr beschäftigt? fragt Julia. Sie wisse gar nicht, wann sie ihn zuletzt gesehen habe. Max sehe ihn hin und wieder, nicht wahr? Max nickt. Anne fragt, wie seine Praxis laufe. Gut. Damit ihm nicht langweilig werde, mache er eine Zusatzausbildung für Tuinatherapie. Und Anne habe momentan ein Freijahr? Ja. Woher er das wisse? Thomas müsse es ihm erzählt haben, als sie miteinander laufen waren. Thomas geht laufen? fragt Anne. Max und Julia lachen. Anne lächelt. Seit sie ihn kennt, trägt Max eine Glatze. Seine Körperhaltung hat sich nicht verändert, sehr aufrecht, sehr aufmerksam. Er ist ein paar Jahre älter als Thomas. Ob er noch viel Sport mache? Momentan nicht mehr ganz so viel. Was immer noch enorm viel sei, bemerkt Julia. Es sei eher so, dass sie sich zu wenig bewege. Ja, schimpf du nur mit mir, sagt Julia und zufällig schaut Anne zu ihr hin in diesem Moment. Ein Blick von unten herauf, den Kopf ein wenig zur Seite gelegt, der Mund voller, die Lippen nach vorn geschoben. Julia steht auf und sammelt die Vorspeisenteller ein. Sie ist jünger als Anne, fünf Jahre oder mehr? Max sieht ihr nach, als sie in die Küche geht. Wendet sich Anne zu und fragt nach ihrem Freijahr. Wie sie ihre Tage verbringe. Um ehrlich zu sein, sagt Anne, ich weiß es nicht. Das sei doch herrlich! Julia stellt eine Weinflasche auf den Tisch. Sich völlig freizumachen von dem Leistungsgedanken. Das möchte ich sehen, sagt Max, wie du dich freimachst. Ich liebe meine Arbeit, sagt Julia und Max wirft Anne einen Blick zu. Du brauchst gar nicht so zu schauen. Julia schenkt Wein nach. Sie stützt beide Ellbogen auf den Tisch. Ich finde es großartig, dass du das machst, sagt sie zu Anne. Bei mir dauert es auch nicht mehr lange, vielleicht zwei oder drei Jahre. Es ist spät, als Anne sich verabschiedet. Die Straßenbahn fährt nicht mehr. Bereits nach wenigen Schritten spürt Anne wieder das Ziehen in den Schienbeinen und winkt einem Taxi, das entgegenkommt. Sie schläft tief in dieser Nacht und lange in den nächsten Vormittag hinein. Unbedingt müssen wir uns bald wiedersehen, hat Julia beim Abschied gesagt und Anne umarmt. Anne hat Haarpflegemittel und Hautcreme und Parfum gerochen und Julias Stimme sagte nahe an ihrem Ohr, das nächste Mal auch mit Thomas. Sie hat Max angesehen, der hinter Julia stand, die Hände in den Hosentaschen, und den Blick senkte. Anne macht ihre Pflichteinkäufe, ein wenig Brot, ein wenig Obst, Klopapier. Es regnet. Sie geht mit einer Tasse Tee ins Wohnzimmer. Stellt die Tasse auf dem Tisch ab und nähert sich dem Klavier von vorne. Bleibt in einiger Entfernung stehen und geht auf die Knie. Sie lässt sich auf den Teppich nieder, betrachtet die Verknüpfungen, die von Hand gemacht sind. Es ist ein alter Teppich, nicht zwei der Figuren darauf sind identisch. Annes Zeigefinger zieht eine blaue Raute nach. Sie blickt auf und zum Klavier hin, lässt sich auf die Unterarme nieder und kriecht näher. An den nackten Handgelenken und den Handballen das raue Teppichgarn. Zwischen die Beine des Hockers und das Klavier schiebt Anne sich und legt endlich die rechte Wange und die Schläfe auf drei kühle Pedale.

Zwischen Rechnungen von Restaurants und Kassazetteln für Hustenzuckerl findet Anne ein mehrfach gefaltetes Papier, eine Rechnung über einen höheren Betrag. Sie betrachtet die Anschrift des Geschäfts, die Zahlen, bei denen es sich offenbar um Maße handelt, entdeckt endlich die Bezeichnung Kaltschaum und versteht, dass Thomas dem Mädchen eine Matratze gekauft hat. Anne sucht das Datum auf der Rechnung, das der Geburtstag des Mädchens sein könnte. Hin und wieder macht Thomas unerwartet teure Geschenke, während er sich üblicherweise auf kleine Aufmerksamkeiten beschränkt, ein Halstuch, eine Essenseinladung. Anne wundert sich schon lange, dass Thomas es erträgt, jede Nacht auf der Couch zu schlafen. Als sie wieder einmal einen handschriftlichen Beleg über eine Behandlung bei Max fand, hat sie daran gedacht, dass Thomas normalerweise bereits nach einer Nacht auf einer schlechten Matratze Rückenschmerzen hat. Sie hat sich vorgestellt, dass er eines Tages beim Aufwachen auf seiner Schlafcouch einen Hexenschuss verspürt und sich nicht mehr bewegen kann. Er würde nach Anne rufen, aber da die Zimmertüren geschlossen sind, würde sie ihn nicht hören. Er würde mit seinem Telefon, das immer neben der Couch liegt, das Mädchen anrufen. Das Mädchen würde besorgt fragen, worum es sich bei einem Hexenschuss genau handle. Anne wäre mittlerweile aufgestanden und fertig angezogen. Sie würde vor seiner Zimmertür stehen und hören, wie Thomas stockt und dann sagt, er habe eine Verkühlung, die er im Rücken spüre. Anne würde die Wohnungstür öffnen und Thomas in seinem Zimmer das Telefonat beenden. Er würde wieder nach ihr rufen, im selben Moment würde sie die Wohnungstür von außen versperren. Nun stellt Anne sich vor, dass Thomas die Nächte gar nicht in seinem Zimmer auf der Couch verbringt. Sie vermerkt den Matratzenkauf in ihrem

Heft. Es muss Kaltschaum sein, sagt Thomas zu dem Mädchen und zur Verkäuferin im Matratzengeschäft. Ob man lieber hart oder weich liege, fragt die Verkäuferin. Thomas mag keine harten Matratzen. Zu weich dürfe sie nicht sein, sagt das Mädchen. Die Verkäuferin schiebt Matratzen in Plastikhüllen heran und legt sie vor Thomas und dem Mädchen auf den Boden. Zu weich, sagt das Mädchen bei der ersten Matratze. Bei der zweiten legt Thomas sich neben das Mädchen zur Probe. Das Plastik knistert. Das sei ein Folterinstrument, sagt Thomas. Das Mädchen lacht, es schaut zur Verkäuferin hinauf. Die ist schon beinahe richtig, sagt es. Es handle sich um ein Brett, sagt Thomas bei der nächsten Matratze. Er dreht den Kopf zur Seite, zu dem Mädchen, das sich ihm zuwendet, und die Verkäuferin wendet sich ab, um eine Matratze näher an die Wand zu schieben. Thomas richtet sich auf, er streckt eine Hand nach hinten, an der das Mädchen sich hochziehen kann. Es wäre schön, sagt das Mädchen, wenn auch er darauf gut schlafen würde, aber das Plastik ist zu laut und das Mädchen hat leise gesprochen. Sie müssen bedenken, sagt die Verkäuferin, die Matratze wird sowieso weicher mit der Zeit. Anne sucht unter den Restaurantrechnungen nach einer, die dasselbe Datum trägt wie der Matratzenkauf. Es ist der Geburtstag des Mädchens, Thomas hat es zum Essen ausgeführt. Ein Bier und Sekt. Zwei Menüs, eine Flasche Wein, kein ausländischer, aber teuer. Zwei Digestifs. Das Mädchen war ausgelassen, seine Wangen gerötet, der Flaum am Haaransatz ein wenig zerdrückt. Es ist spät geworden, beinahe Mitternacht, als das Mäppchen mit der Rechnung gebracht wird. Anne hört die Unruhe vor ihrer Zimmertür. Am Abend des Geburtstages haben Thomas und das Mädchen viel getrunken. Als Thomas zu schnarchen begann, hat das Mädchen ihn heftig gestoßen, ohne dass er davon wach wurde. Am nächsten Morgen hat es vor Enttäuschung eine Tasse zerschlagen, weil es schließlich sein Geburtstag war und die erste Nacht auf der neuen Matratze. Das Mädchen kratzt mit dem Fingernagel am Türspalt, Knarzen von Holz. Es könnte Thomas' Anwesenheit in der Wohnung vortäuschen. Es müsste nur irgendwann spät, wenn Anne bereits im Bett liegt, leise Schritte durch das Vorzimmer und durch Thomas' Zimmer tun. Zwar kann das Mädchen nur Geräusche erzeugen, von denen im nächsten Augenblick schon ungewiss ist, ob man sie tatsächlich vernommen hat, doch auch Thomas' Geräusche werden immer mehr zu solchen. Anne kann nicht mit Sicherheit sagen, ob sie vorhin gehört hat, dass er in die Wohnung gekommen ist. Es war vielleicht nur das Mädchen, das jetzt fordernder kratzt. Anne klappt das Notizheft zu.

Sie öffnet die Zimmertür und weiß, das Mädchen ist im selben Moment davongehuscht, ins Dunkel, von wo aus es beobachtet, wie Anne ins Vorzimmer geht. An einem Haken hängt Thomas' Mantel, aus dem Anne die Rechnungen geholt hat. Ein Mantel aber beweist, wenn es Nacht ist, gar nichts. Ein Mantel könnte auch auf der Schlafcouch in Thomas' Zimmer liegen. Der dunkle Umriss am Haken hingegen könnte ebenso gut ein Fleck an der Wand sein, ein schwarzes Gespenst, reglos, könnte auch Annes Trenchcoat sein. In der Küche, wo es noch dunkler ist, streicht die Katze unten an den Kästen entlang, Anne nimmt es aus den Augenwinkeln wahr. Der Garderobenschrank reicht bis unter die Decke hinauf, die oberen Fächer sind ohne Leiter nicht zu erreichen. Das Mädchen ist näher gekommen, Anne weiß es, weil ihre Muskeln sich spannen. Den Schrank hat Anne schon lange nicht mehr geöffnet, zuletzt hat sie wohl den Sommermantel herausgenommen und nie wieder zurückgehängt. Sie spürt die Arme des Mädchens unter ihren. Sie anzufassen, wagt es nicht. Das Mädchen will wissen, was in dem Schrank ist. Totes Gewebe. Eine Sammlung von Häuten und Bedeckungen, Mäntel und Jacken, Kisten voller Hauben und Handschuhe, der alte persische Wandteppich, zusammengerollt, die gefilzten Überwürfe von Thomas' Großvater, mit Papier geschützt. Anne spürt das Mädchen unter ihrem linken Arm. Öffnen, wispert es, öffnen. Mein Mädchen, man öffnet keine Schränke in Nächten wie diesen. Es könnte nämlich auch sein, dass an der Kleiderstange in einer Reihe die von früher stehen. Thomas in seiner Lederjacke und im selben Alter wie das Mädchen. Davor Thomas in dem schwarzen Mantel, den er seit dem Begräbnis seines Vaters nicht mehr getragen hat. Daneben Anne in einem schiefergrauen Seidenmantel. Die Bluse darunter ist schwarz, die Hose auch, selbst die Schuhe, aber den schiefergrauen Mantel haben sie mir übelgenommen. Es kann nämlich sein, flüstert Anne, dass die Kiste, in der wir Handschuhe vermuten, voller Hände in Handschuhen ist. Voll von Annes Händen in Handschuhen, immer die rechte und die linke ineinander verschränkt. In einigen Handschuhen steckt Annes rechte Hand noch ohne die Narbe, die der Glastisch hinterlassen hat. In einem größeren Fäustling, der Thomas gehört, ist Annes rechte Hand dick verbunden. Einen Winter lang hat sie nicht gespielt. Der linke Fäustling ist verlorengegangen. Thomas' Hände sind nur einmal in der Kiste, in alten Wollhandschuhen. Er hat die Hände lieber frei, steckt sie in die Manteltaschen, um sie zu wärmen. Handschuhe würde er doch nur irgendwo vergessen. Vor dem Kasten in der Dunkelheit streckt sich Annes rechte Hand nach der linken aus, die ihr unter Annes Nabel entgegenkommt. Es kann nämlich sein, flüstert Anne, dass die Kiste, in der wir Hauben vermuten, angefüllt ist mit Köpfen. Mit Köpfen, die Schnupfen haben und Husten, Annes Kopf mit den kurzen Haaren unter der Schiebermütze, die sie einen Winter lang getragen hat. Thomas' Kopf ohne graue Haare, der sagt, sie wolle wie eine Jugendliche aussehen. Köpfe, deren Augen rot gerändert sind und brennen. Zwei Köpfe beißen sich in die Wangen wie kleine Tiere im Kampf. Ob ihr euch küsst, will das Mädchen wissen. Ob da zwei Köpfe sind, die einander küssen, Mund auf Mund, Unterlippen, Oberlippen, Zungen hinter den Lippen, eine Zunge unter der anderen. Die Lippen wissen nichts mehr, die Hände erinnern sich. Daran, einen Kopf zu umfassen. Der linken ist es nie gelungen, in einer runden Geste sein Gesicht zu bergen, umso besser hat sie jede Unebenheit der Berührung in sich aufgenommen. Am Anfang war es, erinnert das Mädchen sich, als sei Thomas das Küssen fremd. Mit flatternden Lippen, als fürchte er sich, hat er geküsst. Und ein wenig flattern Thomas' Lippen noch immer, weshalb das Mädchen wissen will, wie sie Annes Lippen geküsst haben, vor zwanzig Jahren, vor zehn, vor fünf Jahren, vor wie vielen Jahren war es, Anne? Einmal haben sie sich zum letzten

Mal geküsst, und sie hat es nicht gewusst. Das Mädchen will im Schrank nach küssenden Köpfen suchen, Anne sucht in ihrer Erinnerung nach dem letzten Kuss. Öffnen, wispert das Mädchen. Anne versucht, sich irgendeinen Kuss vorzustellen. In der Kiste mit den Köpfen muss einer mit einer Baskenmütze sein. Franzosenkappe, hat Thomas die Baskenmütze genannt und dann gesagt Französinnenkappe. Jahrelang hat Anne die Baskenmütze getragen und immer wieder eine neue gekauft, aber ab einem gewissen Alter, hat sie befunden, trägt man als Frau keine Baskenmütze mehr. Ab einem gewissen Alter, hat sie zu Thomas gesagt, ist die Baskenmütze nur noch eine Franzosenkappe und keine Französinnenkappe mehr. Das Gesicht unter der Französinnenkappe muss Thomas vielmals geküsst haben. In Annes Vorstellung aber zögern ihre Lippen, sie zaudern, sie könnten Thomas' Lippen nicht entgegenkommen. So kann es nicht gewesen sein. Mädchen, flüstert Anne, wie sind seine Lippen. Waren seine Lippen, wispert das Mädchen, schon immer so schmal oder kommt das mit dem Alter? Anne zieht Oberlippe und Unterlippe über die Zähne in den Mund und drückt sie aufeinander. Zieht sie noch weiter in den Mund hinein, eine ungewisse Berührung, doch, die feinen, feinen Härchen über der Oberlippe an der Unterlippe. Anne will den Haaransatz des Mädchens mit den Lippen streifen, nur streifen, ob dein Flaum zarter ist als meiner. Komm, sie presst die Arme an die Seiten, um das Mädchen, das flinke, festzuhalten. Sie wird sich umdrehen, es wird ihr gelingen, einen Moment lang dieses flüchtige Wesen zu packen, seine Stirn, seinen Haaransatz zu suchen, ein Kitzeln an den Lippen, unter dem man wegzuckt. Wieso sucht man diese Berührungen, dass es einen beutelt, sag mir, mein Mädchen, und nun, da ich dich schon habe, setze ich dich vor die Tür hinaus, aber es ist schon weg, das Mädchen, wie könnte es anders sein. Hat die Arme unter denen von Anne hervorgezogen, als sie sich umdrehte, wieder nicht schnell genug. Unversehens müsste sie sein, das Mädchen ist unsichtbar. Anne sitzt auf dem Hocker neben der Tür, den Rucksack hat sie zu

Boden geworfen. Wäre Thomas hier, hätte er es gehört. Sie hat weiche Härchen über der Oberlippe und drei borstige am Kinn, sie wird zur Friseurin gehen und sehen, was die sagt, aber noch sitzt sie auf dem Hocker neben der Tür im dunklen Vorzimmer voller Flecken und Schatten, jeden Mantel, jede Jacke, jeden Schuh kennt sie. Die Wanderschuhe sind in Schachteln im Garderobeschrank verstaut, im dritten oder vierten Fach ganz links, darüber einige Regenpelerinen mit dem Schriftzug des Festivals, eine Werbemaßnahme vor vielen Jahren, in einem Jahr, in dem es während des Festivals kein einziges Mal regnete.

Das Haus am See sei eine Alterserscheinung, sagte der Bruder. Sie hatten ihn eingeladen, mehrmals, schließlich war er gekommen. Ein Bootshaus fehle ihnen noch und ein schickes, kleines Motorboot. Thomas erklärte ihm, dass der See Naturschutzgebiet sei. Das einzige motorbetriebene Boot darauf das alte Ausflugsschiff für Fremde, wie man die Touristen hier noch nennt. Schön, sagte der Bruder, als sie ihm das Haus zeigten. Er stand leicht nach vorn gebeugt, die Hände hinten verschränkt. Wirklich schön. Du kannst immer kommen, sagte Anne, wenn du Ruhe brauchst. Wir geben dir einen Schlüssel und du kommst, wann du willst, auch wenn wir nicht hier sind. Der Bruder nahm eine Hand hinter dem Rücken hervor und berührte Annes Oberarm, dann seine Brust, die Herzgegend. Du bist lieb, sagte er, aber den Schlüssel holte er sich nie. Sie wollten den Bruder auf dem Balkon bewirten und stellten fest, dass dort kein dritter Sessel Platz hatte. Der Bruder setzte sich auf die Balkonbrüstung und Thomas nannte ihm die Namen der Gipfel, die man von hier aus sehen konnte. Anne hatte schon begonnen, drinnen den Tisch zu decken, als Thomas und der Bruder hereinkamen. Er könne auf der Brüstung sitzend essen, sagte der Bruder, das sei gar nicht unbequem. Er ertrage es nicht, sich in halbdunklen Räumen aufzuhalten, während es draußen dämmere. Diese eine Stunde, in der es dunkel werde. Der Bruder ging wieder hinaus auf den Balkon. Thomas sammelte die Teller vom Tisch ein und ging dem Bruder nach. Anne hatte keine Lampe angemacht, weil sie gefunden hatte, das Licht reiche noch zum Essen. Sie nahm die Butterdose, die Behältnisse mit Wurst und Käse aus dem Kühlschrank und machte ihn zu, die helle Beleuchtung erlosch. Durch den Raum blickte Anne zur Balkontür hinüber. Draußen die Gestalten von Thomas und seinem Bruder, flach, unbeweglich. Still. Standen sie da und sprachen nicht? Anne schaute zum Esstisch und konnte nicht erkennen, ob das Besteck noch dort lag oder Thomas es mitgenommen hatte, ob da Falten im Tischtuch waren oder Schatten. In der Mitte des Tisches ein dunkler Umriss, Annes linke Hand erkannte den geflochtenen Brotkorb, als sie ihn aufnahm. Die Stunde würde dauern, die Dämmerung zog sich lange hin in dieser Jahreszeit. Sie brachten den Bruder, weil er nicht über Nacht bleiben wollte, zur Bahnstation im Nachbarort. Warum sie versuche ihn zurückzuhalten, wenn er nicht bleiben wolle, fragte Thomas, als sie zurückfuhren. Die Straße führte am See entlang, die Scheinwerfer beleuchteten einen Streifen Ufer, helle Steine, daneben Schwärze. Der Bruder, wie er zum Abschied nickt, in seiner leicht gebeugten Haltung. Die beiden Männer legen die Arme auf den Rücken des anderen, ohne dass ihre Oberkörper sich berühren, den Hals strecken sie weg wie beim Schwimmen aus dem Wasser, so begrüßen und verabschieden sie sich. Es geht ihm nicht gut, sagte Anne auf dem Rückweg von der Bahnstation. Thomas hob eine Hand vom Steuer und ließ sie zurückfallen, zu schwer, der Wagen machte einen Schlenker und Thomas musste das Lenkrad mit beiden Händen fassen, um ihn zurück in die Spur zu bringen. Wie immer halt, sagte er. Nach wie vor wusste Anne nicht, ob das halt eine Milderung von wie immer bedeutete, das Andauern einem Zustand den Schrecken nahm, oder ob das Wörtchen einen Abgrund von Hoffnungslosigkeit aufmachte. Wie immer halt. Vielleicht meinte er auch, dass Anne wie immer über die Verfassung des Bruders reden wollte und Thomas damit auf die Nerven ging. Ich glaube, sagte Anne, es wäre etwas anderes, wenn du ihn fragen würdest. Nein. Bestimmt nicht. Hör auf, ihm helfen zu wollen, sagte Thomas. Anne lag in der weißen Bettwäsche, sie hatte das Fenster geöffnet, nachdem Thomas eingeschlafen war. Die Nachtluft war kalt. Anne horchte in die Stille. Schließlich tauchte darin ein Atem auf, das Schaben zwischen Nase und Rachen. Sie drehte sich auf die Seite, um einzuschlafen, bevor es lauter wurde. Es zerreiße ihr das Herz, sagte Anne am nächsten

Morgen. Sie lagen auf seiner Seite des Bettes, ihr Kopf auf seiner Brust, ihre Brust auf seinen unteren Rippen, sein Pyjamahemd und ihr Leibchen dazwischen. Thomas streichelte die Linien ihrer Schulterblätter entlang. Anne sagte, es zerreiße ihr das Herz, und meinte den Bruder. Thomas sagte, zum Sommer hin werde es für gewöhnlich besser.

Um diese Zeit im Jahr, sagt Anne zur Freundin, habe sie sich immer schon darauf gefreut, dass sie in den Osterferien ins Haus am See fahren würden. Das Haus am See sei der einzige Ort, an dem sie in den letzten Jahren wirklich noch miteinander gewesen seien. Wenigstens glaube sie das. Und wie ist es jetzt? fragt die Freundin. Anne spürt ihren Blick, sie wartet darauf, dass Anne von dem erzählt, was sie Affäre nennt. Nun überlege sie, zu Ostern zu ihrer Mutter nach Frankreich zu fahren. Ob es ihrer Mutter schlechter gehe? Anne sagt, sie habe kürzlich eine Radiosendung über Demenz gehört. Was sie für normale Alterserscheinungen gehalten habe, seien möglicherweise erste Anzeichen des Verfalls. Es gibt bestimmte Untersuchungen, sagt die Freundin, um das festzustellen. Zum Beispiel darum müsse sie sich kümmern. Wie solle sie das von Österreich aus machen, wenn es mit der Mutter schlimmer werde, sagt Anne. Ob sie überlege, zurückzugehen? Müßig, sagt Anne, sie werde nicht zurückgehen. Ins öffentliche Schulsystem komme sie in Frankreich nicht mehr hinein. Sie wäre dort wohl eine ziemlich arme Kirchenmaus. Sofern Thomas nicht zahlt, sagt die Freundin. Er müsste nichts zahlen, sagt Anne. Oder nicht viel. Selbst wenn ich diese Geschichte beweisen kann. Dann könnte er ins Treffen führen, dass wir seit Jahren nicht mehr Liebe gemacht haben, und ich müsste nach Beweisen dafür suchen, dass seine Geschichten auch früher schon vorgekommen sind. Liebe gemacht, sagt die Freundin, das klingt schön. So sagt man auf Französisch. Nein, sagt Anne, das wäre alles sehr hässlich. Letztlich würden wir uns gegenseitig Lieblosigkeit nachweisen. Du hast dich also erkundigt, sagt die Freundin. Mit wem hast du gesprochen? Es gebe da so eine Beratungsstelle, sagt Anne. Sie lächelt die Freundin an. Ich kann nicht nach Frankreich zurückgehen. Niemand würde mir dort sagen, dass er meine Sprache liebt, obwohl er sie nicht beherrscht, aber weil alles so philosophisch klinge. Ich habe mich, sagt Anne, an die schönen Klischees gewöhnt. Das ist ja sehr witzig, sagt die Freundin, aber einmal im Ernst, wie lange willst du dir das noch anschauen? Das Haus am See, sagt Anne, würde ich auf keinen Fall bekommen.

Schon seit einiger Zeit weiß Anne um das Interesse des Mädchens an ihren Kleidern. Eines Tages steht die Tür des Kleiderschranks halb offen, als Anne abends in ihr Zimmer tritt. Sie zieht die Tür zur Gänze auf und betrachtet das Innere des Schranks. Einige Blusen sind über die Stange geworfen, an der die Kleiderbügel hängen. Leibchen sind flüchtig zusammengelegt in einen Stapel geschoben, einige Stücke liegen unten auf dem Schrankboden. Anne stellt sich vor, wie das Mädchen erwachsen spielt, wenn es allein in der Wohnung ist. Es würde eine Weile vor dem Kleiderschrank stehen und überlegen, als was es sich verkleiden will. Es würde sich dafür entscheiden, sich elegant zurechtzumachen, so wie es sich Anne vorstellt, wenn sie mit Thomas zu einem Essen geht, mit Freunden oder mit Menschen, die Thomas auch beruflich kennt. Das Mädchen weiß, dass diese Grenzen in Thomas' Arbeit oft uneindeutig sind. Das Mädchen weiß nicht, dass Anne schon seit Jahren nicht mehr mit Thomas zu solchen Verabredungen gegangen ist. Es wählt aus dem Schrank eine moosgrüne Seidenbluse. Die Seide ist nicht echt, aber davon versteht das Mädchen nichts. Dazu sucht es die dunkelgraue Stoffhose aus, die jetzt auf dem Schrankboden liegt und gebügelt werden muss. Anne hat keine Lust, die Unordnung im Schrank zu beseitigen. Sie schließt die Schranktür und geht ins Vorzimmer, um zu sehen, ob das Mädchen auch an den Schuhen war. Die schwarzen mit den halbhohen Absätzen passen gut zur grauen Hose. Sie stehen ordentlich aufgereiht nebeneinander. Annes linker Oberarm spannt sich, das Mädchen ist in der Küchentür aufgetaucht und bleibt auf der Schwelle stehen. Anne überlegt, die Tür zu ihrem Zimmer am nächsten Tag zu schließen. Die Muskeln in ihrem Rücken krampfen sich kurz zusammen und bleiben angespannt, wo ist das Mädchen hin? Sie könnte auch die Türen zum Bad, zur Küche und zum Wohnzimmer schließen, ehe sie die Wohnung verlässt. Das Mädchen wäre dann in einem der Zimmer eingesperrt. Anne kann sich nicht erinnern, ob sie die Schranktür am Morgen ordentlich geschlossen hat. Sie glaubte zu wissen, dass das Mädchen nicht imstande war, Schranktüren zu öffnen. Es wird jedoch von Tag zu Tag kräftiger. Möglicherweise würden die Kräfte des Mädchens daran wachsen, wenn Anne es in eines der Zimmer sperrte. Das Mädchen wäre dann noch schneller in der Lage, auch Zimmertüren zu öffnen. Der nächste Schritt wäre die Wohnungstür. Und selbst wenn es dann noch um einiges mehr Kraft entwickeln müsste, um das Haustor aufzustemmen, könnte es sich doch bereits im Stiegenhaus herumtreiben. Es wäre das Beste, wenn es die Katze mitnehmen und sich in einer der Nachbarwohnungen einnisten würde. Anne hat gehört, dass Katzen oft dort einziehen, wo sie das bessere Futter bekommen. Wahrscheinlicher ist jedoch, dass jemand das Mädchen und die Katze zurückbringen und mit ihnen vor der Wohnungstür stehen würde. Man habe die beiden Schlingel in der eigenen Wohnung gefunden, mit wohlwollendem Unterton, während das Mädchen einen trotzigen Mund macht. Die Katze ist bereits an Annes Beinen vorbei in die Wohnung verschwunden. Anne müsste sich erleichtert zeigen, gleichwohl mütterliche Strenge an den Tag legen und versichern, so etwas werde nicht mehr vorkommen. Sie hat sich in die Küche gesetzt, sie ist erschöpft. Am liebsten würde sie das Mädchen zur Strafe in ein Zimmer sperren, aber das hält sich wohlweislich fern. Anne weiß immer nur, wo es sich befindet, wenn ihre Muskeln reagieren, weil es nahe kommt. Das Mädchen weint. Das Weinen des Mädchens klingt wie das ferne Pfeifen der Leitungen in der Wand. Wenn man den Verputz abtrüge, würde man auf die Tränen des Mädchens stoßen. Anne stützt den Kopf in die linke Hand und blickt auf die Wand gegenüber. Da ist eine unebene Stelle, nahe am Fenster. Allein kannst du hier doch nicht existieren, sagt Anne. Das Mädchen ist still. Nichts ist mehr zu hören, doch Anne weiß, was kommen wird. Sie stützt den Kopf in beide Hände und umfasst ihre Stirn. Sie hätte besser nichts gesagt. Unter ihren Daumen spürt Anne die Adern an den Schläfen, winzige Raupen. Das Mädchen beginnt zu kichern. Das Kichern ähnelt mehr einem Knistern, während das Weinen ein Heulen ist. Das Heulen erträgt Anne leichter.

Sie habe immer geglaubt, sagt Anne, im Unterricht viel wahrzunehmen. Wenn Schüler Kummer hätten und schwierige Zeiten durchmachten. Sie war davon überzeugt, über das Klavierspielen einen gewissen Einfluss auf die Entwicklung nehmen zu können. Sie lieben die sogenannte Mondscheinsonate, sagt Anne, weil sie darin ihren jugendlichen Weltschmerz wiederfinden. Aber sie müssen lernen, nicht zu schwelgen, schwelgerisch nur im Ausdruck zu sein. Das Gefühl der musikalischen Form unterzuordnen. Anne hält das für heilsam. Mittlerweile aber komme ihr vor, dass sie keine Ahnung von Kindern habe. Die Freundin widerspricht. Das liege daran, dass Anne nun im Freijahr nichts mit ihnen zu tun habe. Du könntest ein paar Privatschüler nehmen. Die zu uns in die Wohnung kommen und auf meinem Klavier spielen? fragt Anne. Dabei falle ihr ein, sagt die Freundin, habt ihr jetzt eine Putzfrau? Thomas putze von Zeit zu Zeit, sagt Anne, obwohl sie das selbst nicht glaubt. Eines Morgens hat sie, ehe sie gegangen ist, noch einmal ins Wohnzimmer geschaut, ob die Katze auf dem Fensterbrett sitzt. Im frühen Tageslicht hat Anne den glänzenden Parkettboden bemerkt. Staubflocken waren keine zu sehen. Sie umrundete das Klavier. Auf dem Deckel ließen sich im schwarzen Lack Fingerabdrücke erkennen, die konnten von ihr selbst stammen oder auch von dem Mädchen. Über den Deckel liefen Katzenpfoten. Anne ist ins Bad gegangen. Auch das Klo war sauber, die Fliesen gewischt. Jemand hatte in allen Räumen staubgesaugt. Die Armatur an der Abwasch in der Küche war ohne Flecken von Wasser und Kalk, das Metall zum Abtropfen von Geschirr glänzte. In ihr Zimmer haben sie sich nicht gewagt, das sieht Anne an dem Staub in den Ecken. Sie hat den Verdacht, dass Thomas in ihrer Abwesenheit eine Putzfrau in die Wohnung geholt hat. Sie hält es für möglich, dass er der Putzfrau vertrauensvoll einen Schlüssel überlassen hat oder weggegangen ist, während sie hier war. Er ist leichtsinnig. Das Mädchen könnte sich einen Spaß daraus machen, hinter der Putzfrau vorbeizuhuschen und Geräusche zu veranstalten, wie es das für Anne tut. Die Putzfrau aber weiß nichts über das Kichern in der Wand und das Rascheln der Füßchen auf dem Parkett, sie würde es mit der Angst zu tun bekommen. Sogar Anne, die über alles Bescheid weiß, bekommt es manchmal mit der Angst zu tun. Thomas hat wohl nicht einen Moment lang darüber nachgedacht, dass die Putzfrau irgendeine zuständige Stelle in Kenntnis setzen könnte. Dass man Thomas und Anne aufsuchen würde und sie sich verantworten müssten. Thomas habe das Mädchen in die Wohnung gebracht, ohne ihr Einverständnis einzuholen, würde Anne sagen. Er würde behaupten, das Mädchen nicht zu kennen. Für die Katze würde Anne die volle Verantwortung übernehmen. Sie habe sich, müsste Anne zugeben, immer eine Katze gewünscht. Die Katze, findet Anne, ist allerdings ein wenig mit schuld an der Vernachlässigung. Sie zeigt sich so gut wie nie und steckt dauernd mit dem Mädchen zusammen. Anne hat durchaus versucht, sich mehr zu kümmern. Immer wieder ist sie am Nachmittag zurückgekommen, damit die beiden nicht so viel allein sind. Aber bereits beim Öffnen der Wohnungstür hat sie den Widerstand gespürt, der sie befürchten lässt, dass man ihr irgendwann den Zutritt ganz verwehrt. Während Anne ihren Mantel auszieht, drückt das Mädchen sich in der Tür zu Thomas' Zimmer herum. Anne spürt das Misstrauen und die Vorwürfe und weiß auch, dass in ihrem Zimmer auf dem Fensterbrett die Katze sitzt und sich nicht anfassen lässt. Thomas' Zimmertür ist nicht ganz geschlossen, der Riegel muss zurückgesprungen sein. Anne will sehen, ob die Putzfrau auch in seinem Zimmer war. Über die Schlafcouch sind die zwei Decken gebreitet, die Polster sind zerdrückt. Auf dem Tischchen am Kopfende steht ein Wasserglas. Der Schreibtisch ist für Thomas' Verhältnisse aufgeräumt, mehrere Stapel und eine kleine freie Fläche in der Mitte. Anne bleibt davor stehen. Auf dem rechten

Stapel liegt ein dicker Packen Papier, von einer schwarzen Spirale zusammengehalten. Frau ohne Namen, steht auf dem Deckblatt, darunter, kleiner, Drehbuch. Anne setzt sich in den Schreibtischsessel. Sie blickt sich um, als könnte da noch jemand sein. Zieht eine Schreibtischlade nach der anderen auf, jedesmal ein Zögern, ein Blick nach hinten über die Schulter. Manche Laden schließt sie gleich wieder, in anderen streift sie mit den Fingern durch die Papiere. Sie steht auf, tritt zu einem Regal, in dem dicke Ordner stehen, einige Schachteln, von denen sie den Deckel nimmt, wieder aufsetzt. Sie geht zur Schlafcouch, nimmt einen Polster, schüttelt ihn. Legt ihn dann zurück und schlägt mit der Faust darauf, sodass er zerdrückt aussieht wie vorher. Fährt mit der flachen Hand über das Leintuch. Richtet sich auf und blickt sich um, nach oben, über die Schulter nach hinten. Sie macht ein paar Schritte in die Mitte des Raums, dreht sich einmal herum und verlässt das Zimmer. Schließt die Tür und zieht von außen noch einmal fest daran.

Anne bestellt ein Glas Wein. Wenn sie es ausgetrunken hat, wird sie sich auf den Weg in die Wohnung machen. Sich Mut antrinken, die Redewendung hat sie zum ersten Mal gehört, als es um Männer ging, die sich fürchten, zu ihren Frauen heimzukehren. In der Wohnung warten die Katze und das Mädchen. Sie sitzen am Fensterbrett und sind übereingekommen, brav zu sein. Das Mädchen hat ein Bein hochgezogen und das Kinn aufs Knie gestützt. Das andere Bein lässt es baumeln, sodass es mit der Ferse regelmäßig gegen den Heizkörper schlägt. Anne kennt das Geräusch, sie hört es manchmal in der Nacht, wenn die kleine Ferse auf das Metall trifft, nicht zu laut, ein leises Scheppern als Nachgeräusch. Anne steht nicht auf, sie liegt und lauscht. Manchmal sind die Pausen zwischen den Schlägen so lang, dass Annes Konzentration nachlässt. Sie könnte wieder einschlafen, bis zum nächsten Schlag, sehr leise, schelmisch, holt er Annes Aufmerksamkeit zurück. Je leiser die Schläge, desto heller. Das Scheppern mehr ein Zittern, kaum vernehmbar. Einmal hat Anne unter dem Heizkörper ein wenig Verputz gefunden, der sich durch die Schläge gelöst haben muss. Sie fragt sich, ob Thomas die Schläge auch hört. Manchmal wacht Anne auf und glaubt, einen Schlag vernommen zu haben. Sie wartet auf den nächsten, der nicht kommt. Sie wartet lange, das Mädchen ist geduldig, wenn es Anne nicht schlafen lassen will. Es kommt kein nächster Schlag. Anne steht auf. Am Fenster ist niemand. Sie geht an Thomas' geschlossener Tür vorbei in die Küche. Der Parkettboden knarrt, obwohl Anne weiß, an welcher Stelle sie behutsam auftreten muss. Über die Schwelle zwischen Vorzimmer und Küche steigt sie hinweg. Das hintere der beiden Küchenfenster ist an der Tür zur Abstellkammer, die Wände treffen hier in einem schiefen Winkel aufeinander. Ein totes Eck, hat Thomas gesagt, das tote Eck in ihrer Wohnung. Unter diesem

Fenster hängt ein Heizkörper. Anne setzt sich auf das Fensterbrett. Es ist weniger breit als das im Wohnzimmer, trotzdem kann sie ein Bein hochziehen und darauf abstellen, während das andere baumelt. Schon bald, es geht gar nicht anders, stößt das baumelnde Bein gegen den Heizkörper, nur leicht, mehr ein Erschauern als ein Geräusch. Anne hält sich mit beiden Händen am Fensterbrett fest, sie hat den Kopf gebeugt, sie sitzt sehr hoch über dem Boden. Beim nächsten Mal trifft die Ferse fester auf das Metall. Das Bedrohliche an den Schlägen ist nicht das Geräusch, sondern die Erschütterung, die direkt in die Wand verläuft. Anne legt das Kinn auf ihr Knie, um nicht in die Tiefe zu schauen, in der ihr linker Fuß schwingt. Die Ferse trifft nicht jedesmal auf den Heizkörper, nur hin und wieder, in unregelmäßigen Abständen, geschieht es, dass ein dumpfer Schlag von dem scheppernden Nachgeräusch gefolgt wird. Thomas schläft tief oder er wagt sich nicht aus seinem Zimmer. Die Katze hockt unter seiner Couch und hat die Augen in der Dunkelheit rund und schwarz geöffnet. Annes Fuß schlägt noch einmal gegen das Metall, schwingt dann langsamer, hängt schließlich schwer und reglos in die Tiefe. Anne lässt sich hinunterziehen und rutscht vom Fensterbrett.

Früher hat Anne hin und wieder in der Nacht gespielt. Sie hat das Pedal, das die Töne dämpft, in die Halterung geschoben und dann hat sie etwa Ravel gespielt, Gaspard de la nuit, den mittleren Teil. Sie hat die letzten Takte hinausgezögert, noch ein Glockenschlag und noch einer. Nie hat sie dieses Stück mit klaren Tasten gespielt, weil es keine Musik für untertags ist. Die Nachtmusik ist ein eigenes Spiel, immer langsamer, als die Noten es vorsehen. Die gedämpften Töne klingen nicht nach, zwischen ihnen ist eine Stille, und in der Nacht gibt es keine Geräusche, die sich in diese Stille drängen. Anne steht vor dem Klavier, der Deckel wie immer geschlossen. Wenn sie den Deckel öffnen, sich setzen und spielen würde und wenn er ihr Spiel hörte, Thomas käme nicht aus seinem Zimmer. Nie und schon gar nicht nachts unterbricht er Anne beim Spielen. Säße er noch in seinem Arbeitszimmer am Schreibtisch, würde er vielleicht sehr leise die Tür aufmachen, damit er zuhören kann, während er sich wieder seinen Drehbüchern widmet. Die Klinke und seine Schritte zurück zum Schreibtisch. Annes rechte Hand bewegt sich zu ihrem Nacken, der Zeigefinger gelangt unter die Haare an die juckende Stelle, an der sich immer wieder eine Kruste bildet, Schorf. Oder ist Schorf etwas, das nur Kinder und Narren in mittelalterlichen Kerkern haben. Spielst du gar nicht mehr? hat Thomas gefragt. Sie hat Noten geordnet, lose Blätter in Klarsichtfolien gesteckt und in das Regal neben dem Klavier geräumt, als er das fragte, von der Wohnzimmertür her. Dort stand er, als Anne sich umdrehte, und blickte auf ihre Hände. Der rechten entglitt das Blatt, das sie gehalten hatte und nun aus der Luft fing, dabei so fest packte, dass der Daumen ein Loch in das Papier drückte. Ich sehe dich nämlich nie spielen, hat Thomas gesagt. Die linke Hand hielt das Notenblatt, damit die rechte es glätten konnte, und Anne sagte, du bist auch nie da. Und du, hat Thomas gesagt, wie viel bist du da? Die rechte Hand griff nach einer Klarsichthülle, übergab diese der linken, nahm das Blatt. Anne blickte auf, sie spürte ihren Kehlkopf als faustgroßes Geschwür. Die Hände hörten nicht auf, sich mit der Hülle und dem Notenblatt abzumühen, immer wieder glitt das Blatt außen an der Hülle entlang. Stur versuchte die rechte Hand es weiter, obwohl sie ja nichts sehen konnte, denn Anne schaute zu Thomas. Er müsse jetzt gleich weg, sagte Thomas. Siehst du, sagte Anne. Ich kann überhaupt nicht zu sprechen anfangen, immer musst du gleich weg. Deshalb stehst du auch dauernd im Türrahmen, um gleich weg müssen zu können. Thomas fragte, was sie damit meine. Was bitte redest du da? Anne steht vor dem Klavier. Rundherum ist alles aufgeräumt, im Regal stehen Ringordner voller Klarsichtfolien und Notenblätter, Notenhefte, nach Schwierigkeitsgrad und Komponisten geordnet, ein Fach voller Kassetten. Wie lange ist es her, dass sie den Schülern Aufnahmen von Stücken auf Kassette überspielte, damit sie diese zuhause anhören konnten. Wann hat sie damit aufgehört, vor zehn Jahren oder fünfzehn. Sie verfügt über keine digitalen Aufnahmen, aber die Schüler finden alles im Netz. Was bitte redest du da? hat Thomas gesagt. Damals sind hier noch lose Blätter herumgelegen, jetzt gibt es nichts mehr aufzuräumen. Sie sucht im Regal nach dem Buch mit den Noten zum Gaspard, stellt das Heft auf das Notenbrett und blättert darin. Es ist eine schöne Ausgabe, die Gedichte sind den Noten vorangestellt, dazu je eine Zeichnung. Die Schraffierung öffnet Höhlen, in denen unsichtbare Kerzen die Szenerie beleuchten. Den Kobold mit boshaft sprühenden Augen. Anne beginnt im dritten Teil zu lesen, dem schwierigsten. Ein wenig zu schrill war ihr der Scarbo immer, über dem Dröhnen die hohen, fiebrigen Stimmchen.

In den Nächten trifft eine kleine Ferse auf das Metall des Heizkörpers. Die Schläge erinnern Anne manchmal an das Geräusch der Fensterflügel, an denen der Wind reißt. Die Fensterflügel sind in kleine Haken an der Außenwand gehängt und können sich nur geringfügig bewegen. Wenn es aber einem starken Wind gelingt, zwischen Fensterflügel und Hauswand hineinzufahren und am Flügel zu reißen, entsteht ein Schlag und eine Erschütterung. Fensterflügel ist eines der Wörter, die sie von Anfang an falsch verwendet hat und immer noch findet sie es natürlich, natürlicher als Fensterladen. Bei starkem Wind sollten die Fensterläden geschlossen sein, doch immer hatte jemand vergessen, das rechtzeitig zu tun, und sich nun hinauszubeugen und mit dem Wind zu kämpfen, wäre zu gefährlich gewesen. Solange sie Schläge hört, steht Anne nicht auf. Wenn die Pausen zwischen den Schlägen lang genug sind, gerät sie in Halbschlafträume. Manchmal schläft sie im großen Bett bei den Eltern. Die Mutter hat gesagt, sie würden gleich kommen, und für eine Weile ist Anne eingeschlafen. Als sie aufwacht, sind die Eltern nicht da. Das Bett ist hoch, Annes Füße reichen nicht auf den Boden. Sie will sich von der Kante rutschen lassen, um nach den Eltern zu suchen. Der Wind fährt zwischen Fensterladen und Wand und reißt heftig an dem Holz, der Schlag treibt Anne zurück unter die Decke. Sie drängt den Kopf an die Wand, hinter der die Küche ist, aber nichts zu hören, keine Stimmen, kein Abstellen von Tassen, nur immer wieder das Reißen des Windes am Fensterladen. Unter der Decke rollt Anne sich zusammen, hier, in der Mitte des Bettes, wird sie warten, bis der Wind sich legt. Sie glaubt nicht, dass die Eltern irgendwann noch kommen. Warum es in diesem Land keine Fensterflügel gebe, klagte Anne, wenn sie Kopfschmerzen hatte und nach Dunkelheit verlangte. Er fühle sich in einem Zimmer mit geschlossenen Läden wie in einem Grab, sagte Thomas, Anne aber hatte das Gefühl, unter den schweren, staubigen Vorhängen in diesem Land zu ersticken. Sie bestand auf Vorhänge aus hellem Leinen, als sie hier einzogen. Wenn es in der Wohnung dunkel ist, wandern die Scheinwerfer der Autos durch eine Ecke des Wohnzimmers. Die Straßenlaternen knapp unterhalb der Fenster zeichnen Lichthöfe nach oben. Im Schlafzimmer hat Thomas an den Fenstern Rollos befestigt, die aber schon lange nicht mehr heruntergezogen worden sind. Anne hat sich im Bett aufgesetzt, sie lehnt mit dem Rücken an der Wand, die Kühle dringt durch die Haare an die Kopfhaut. Die Schläge haben aufgehört. Es tobt kein Sturm, kein Wind weht. Die Rippen dehnen sich mit jedem Einatmen, die Augen gewöhnen sich an die Nacht. Am Fenster die Gestalt des Mädchens. Es steht mit dem Rücken zum Zimmer, ein Scherenschnitt hinter dem weißen Vorhang. Jede Schulter eine runde Hand voll. Der Nacken schön gerade, sehr aufrecht steht das Mädchen, groß wirkt es. Anne hat behutsam ihren Oberkörper angespannt, die Hände in die Matratze gestützt. Die Beine schieben sich unter der Decke hervor. Das Mädchen bemerkt nichts, die Gestalt steht still und ist so dunkel nicht, mehr grau als schwarz zwischen Vorhang und Fenster. Rasch gleitet Anne nun aus dem Bett, schwarz in der Schwärze des Zimmers. An keiner Stelle knarrt das Parkett. Sie ist hinter dem Mädchen, an seiner Seite. Der rechte Arm schiebt den Vorhang weg, der linke umfasst das Mädchen, es ist schwer in Annes Armen, ein benommenes Tier. Annes Oberkörper an seinem Rücken, sie spürt ein Schulterblatt an ihrer Brust, der Knochen fährt in die weiche Mitte ihrer Brustwarze. Anne krümmt sich unter der Berührung, sie fasst das Mädchen fester, sie hebt es hoch, mühsam, wirft es mit dem Oberkörper voran über die Fensterbank, schiebt und drückt auch die Beine nach draußen. Ein Arm streckt sich zurück, eine Hand ertastet ihren nackten Unterarm, den linken. Anne zuckt, sie will den Arm wegziehen, den Körper fahrenlassen, jedoch sie beherrscht sich. Noch einmal fasst sie beide Beine, hebt sie höher und schiebt, bis endlich der Schwerpunkt sich verlagert und die Gestalt von ihr weg nach unten stürzt. Anne schließt das Fenster und lässt den Vorhang fallen.

Am Morgen öffnet Anne die Badezimmertür. Vor dem Waschbecken steht Thomas. Anne senkt den Blick, noch ehe sie sich abwendet, um die Tür wieder zu schließen. Die eigene Stimme klingt als erster Laut des Tages nach. Pardon, hat sie gesagt. Anne stellt in der Küche einen Topf mit Wasser auf den Herd und bereitet die Kanne vor, passt einen Filter in den Aufsatz und füllt Kaffeepulver hinein. Sie sieht ihren Händen zu, die noch wissen, dass die Filter auf der Arbeitsfläche rechts am Kühlschrank lehnen und die Kaffeedose in dem Kasten über der Abwasch steht. Soeben ist sie den Händen auf die Schliche gekommen. Wahrscheinlich kennen sie auch die Noten noch und weigern sich bloß sie zu spielen. Als Anne dann aus dem Bad kommt, hat Thomas den Kaffee aufgegossen. Er steht mit einer Tasse mitten in der Küche und schaut aus dem Fenster in den Innenhof. Du bist noch da? fragt Anne und Thomas tritt zur Seite, weil er ihr im Weg steht. Entschuldige, sagt er, und während Anne sich Kaffee einschenkt, macht er einen Schritt zum Kühlschrank hin und wieder weg, um schließlich im Türrahmen stehenzubleiben. Tritt noch einmal zum Tisch, nimmt das Telefon und steckt es in die Hosentasche. Stellt sich wieder in den Türrahmen. Er habe schlecht geschlafen. Eigentlich gar nicht. Sei erst sehr spät eingeschlafen. Anne sucht vergeblich nach der Zuckerdose. Warum denn das, fragt sie und entdeckt auf dem Kühlschrank die Zuckerpäckchen, die sie manchmal aus dem Kaffeehaus mitnimmt. Sie bietet Thomas eines an, er lehnt ab und sagt, er wisse es nicht. Seltsame Unruhe. Vielleicht Vollmond. Hast du gut geschlafen? Anne nimmt den kleinen Löffel aus dem Mund. Sie habe lange nicht mehr in der Wohnung Kaffee getrunken, sagt Anne, sie gehe üblicherweise nach draußen. Das sei doch gut, sagt Thomas. Weshalb? fragt Anne. Thomas trinkt den letzten Schluck aus seiner Tasse. Ob

Anne eigentlich mit dem Geld auskomme. Sie wisse es nicht, sagt Anne. Thomas macht einen Schritt auf sie zu, weil er die Tasse ins Waschbecken stellen will, an dem Anne lehnt. Sie stehen sich gegenüber, bis Anne die Hand ausstreckt und ihm die Tasse abnimmt. Er sei viel zu spät dran. Thomas tastet nach dem Telefon in seiner Hosentasche. Nachdem er Schuhe und Mantel angezogen hat, schaut er noch einmal in die Küche. Einen schönen Tag, sagt er, zögert und verlässt endlich die Wohnung. Anne horcht auf seine Schritte im Stiegenhaus. Als das Haustor ins Schloss gefallen ist, packt sie eilig ihren Rucksack. In dem Regal im Vorzimmer steht eine kleine Blechdose, der Anne einen Geldschein entnimmt. Das Geld in der Blechdose ist für Einkäufe und Notfälle bestimmt, Thomas füllt es hinein und Anne verwendet es. Er muss bemerkt haben, dass die Dose sich schneller leert, und legt regelmäßig größere Beträge hinein. Neben der Dose sind Halstücher übereinander geschlichtet, Anne zieht aus dem Stoß eines, das sie selten trägt, weil ein rauer Fingernagel genügt, um aus dem fein gesponnenen Gewebe einen Faden zu ziehen. Es ist ein Tuch für einen Sommerabend. Die Freundin hat Anne gefragt, ob sie mit ihr im Juli eine Reise unternehmen wolle. Der Sohn der Freundin wird zu Beginn des Sommers ausziehen. Im Kaffeehaus nimmt Anne das Halstuch ab und legt es vor sich auf die Tischplatte, ein malvenfarbener Schleier auf Schwarzweiß. Sie müsste jemanden finden, der sich um die Katze kümmert. Thomas könnte sich kümmern. Wenn sie wegfährt, könnte er die junge Frau mit in die Wohnung nehmen. Die Katze würde sich nicht zeigen, wie immer, wenn Besuch kommt. Thomas würde die junge Frau bitten, im Wohnzimmer Platz zu nehmen, während er in die Küche geht. Das Mädchen würde die Katze in ihrem Versteck allein lassen und ins Zimmer gehuscht kommen, während die junge Frau sich umsieht. Sie würde aus einem Gefühl der Befangenheit noch einmal aufstehen und das Mädchen schliche durchs Wohnzimmer. Es hat von der Katze die Kunst erlernt, sich lautlos zu bewegen. Das Mädchen würde die junge Frau argwöhnisch beobachten, während auf dem Esstisch das Telefon liegt, aus dem es einst entstiegen ist. Thomas kommt mit zwei Gläsern Weißwein aus der Küche. Es ist ein früher Sommerabend, die Stunde, da in der schönen Jahreszeit die Sonne direkt ins Wohnzimmer scheint. Das Mädchen würde der Unterhaltung zuhören und langsam Gefallen finden an der jungen Frau, die vom Wein trinkt und das Fenster öffnen möchte, um die Abendluft hereinzulassen. Sie finde das Klingeln der Straßenbahn nicht störend, sagt die junge Frau, das erinnere sie an einen Roman. Das Mädchen ist ein Stück näher gekommen, zu dem Kanapee hin, auf dem die junge Frau sitzt, eine Hand auf dem groben Stoff, in der anderen das Weinglas. Sie wendet den Kopf zum Fenster, zum Klingeln der Straßenbahn. Von der anderen Seite nähert sich das Mädchen, es fühlt sich zu der jungen Frau hingezogen, näher, noch näher, bis Thomas, der ebenfalls aus dem Fenster geblickt hat und sich wieder ihr zuwendet, nichts anderes sehen kann als die junge Frau, die auf dem Kanapee ein Stück nach links rückt. Der Kellner bringt das silberne Tablett mit dem Kaffee. Anne nimmt das Tuch vom Tisch und legt es sich lose um die Schultern.

Mein Mädchen, sagt Thomas, ich erinnere mich, als ich vor ungefähr hundert Jahren einmal im Süden von Frankreich war. In einer Gegend mit leuchtend roter Erde. Endlose Wochen, so scheint es in der Erinnerung, habe er in einem Dorf gewohnt. Jeden Tag sei er gewandert, einsame Routen, und abends am Hauptplatz gesessen, im einzigen Gasthaus, unter alten Platanen mit gefleckten Stämmen. Auf Bänken saßen die Alten, die Eltern standen in Gruppen beisammen. Die Kinder rannten herum oder spielten im Kies. Allabendlich habe er sich mit dem Kellner unterhalten, das sei die angenehmste Gesellschaft gewesen. Aber du kannst doch gar kein Französisch, sagt das Mädchen. Sie sitzen in der Frühlingssonne, durch einen Mauervorsprung vor dem kühlen Wind geschützt. Du bist noch nicht weit herumgekommen, sagt Thomas, du weißt nicht, dass man sich mit Kellnern überall und in jeder Sprache unterhalten kann. Es war nicht der Kellner, es war der junge Wirt. Er hatte das Gasthaus in dritter oder vierter Generation übernommen, erzählte er Anne an einem dieser Abende. Sie bestellten noch Wein und sahen dem Treiben zu, machten sich hin und wieder auf eine Szene unter den Kindern aufmerksam. Es gab jene, die der Aufmerksamkeit der Erwachsenen entgingen, weil sie in ihrer Versunkenheit ganz abgeschlossen waren, und andere, die sich ihr mit Absicht und Könnerschaft entzogen, bis irgendwo Geschrei ausbrach. Der junge Wirt empfahl, ein Schloss in der Nähe zu besichtigen, ein Tagesausflug. Danach könnten sie bei ihm essen, morgen gebe es Wildschwein. Er machte eine kleine Kopfbewegung zu Thomas hin. Et votre mari, sagte er, il ne parle pas français? Anne verneinte. Thomas beobachtete zwei Buben bei dem Versuch, irgendein Tier einzufangen. In welcher Sprache sie denn mit ihrem Mann sprechen müsse, fragte der Wirt. Deutsch, sagte Anne und wusste, jede andere wäre ihm genauso unvorstellbar. Warst du schon einmal in Griechenland? fragt das Mädchen und Thomas sagt, ja. Wann zuletzt? Vor einigen Jahren. Ein Freund hatte da ein Haus, sagt Thomas. Er sieht ihn vor sich, im weißen Hemd am großen Holztisch sitzen, und findet den Namen nicht. Vielleicht ist es auch schon viel länger her als ein paar Jahre. Thomas stellt fest, dass er nicht weiß, was aus dem Freund seither geworden ist. War da schon die Krise? fragt das Mädchen. Wie bitte? Ob da schon die Krise war, als du in Griechenland warst. Albert, denkt Thomas. Oder Alfred. Es könnte genauso gut Peter sein oder Hans, da ist ein Loch in seinem Gedächtnis. Nein, sagt Thomas, nein, das ist viel länger her. Ein schwarzes Loch, jeder Name klingt vertraut und im nächsten Moment gänzlich fremd. Albert. Er hat überhaupt nie einen Albert gekannt.

Anne hat Osterglocken gekauft und einen Strauß auf den Esstisch gestellt, einen zweiten in die Küche. Sie habe doch zu ihrer Mutter fahren wollen, hat Thomas gesagt. Anne war überrascht, dass er sich das gemerkt hat, sie kann sich nicht erinnern, mit ihm überhaupt davon gesprochen zu haben. Er habe aber das Wochenende schon verplant, sagte Thomas, und könne das nicht mehr absagen. Am Ostermontag sei er zurück. Anne wechselt das Wasser in beiden Vasen und stellt eine wieder ins Wohnzimmer. Es ist Ostersonntag, sie bleibt noch in der Wohnung, falls die Mutter anruft. Die Luft ist kühl, aber seit gestern scheint die Sonne. Gutes Wanderwetter. Anne hat ein Säckchen mit Schokoladenhasen gekauft, das sie nun öffnet. Sie stellt die Hasen auf dem Küchentisch zu einer kleinen Gesellschaft auf. Die Hälfte davon isst sie, die restlichen steckt sie zurück in die Verpackung. Die Mutter ruft nicht an. Um dreizehn Uhr verlässt Anne die Wohnung. Sie will sehen, ob sie das Gasthaus findet, das in einer ganz anderen Gegend ist als Thomas' Büro. Einer Gegend, in der sie nie zu tun hat, aber die Adresse, die auf den Belegen steht, glaubt Anne zu kennen. Es gibt eine Bushaltestelle, die so heißt. Anne würde in dem Gasthaus gern eine Suppe essen. Kunderagasse. Eine Nummer mit dreißig. Erst später wird sie feststellen, dass sie sich den Namen falsch gemerkt hat. Das Gasthaus in der Kundlinggasse hat sie nicht gefunden, auch keine Suppe gegessen, das Viertel aber war das richtige. Das Viertel des Mädchens. Alte Häuser und bucklige Gassen. Eine baumbestandene Straße, in der Anne das Mädchen davonfahren sieht. Die Bäume sind hier schon voller Blätter, hellgrün und dicht, darunter fährt eine junge Frau auf einem Fahrrad, in einem roten Kleid. Sie dreht sich nicht um. Es beherrscht sich, das Mädchen, auch wenn es gern wissen würde, ob Thomas je der Versuchung nachgibt, mit seinem Telefon ein Bild zu machen von dem sich entfernenden Mädchen. Er kann gar nicht genug Fotos machen, aber immer nur mit dem Telefon des Mädchens. Die Bilder sind für dich, sagt er, du wirst sie einmal gerne anschauen. Aber ich weiß doch, sagt das Mädchen, dass er auf seinem Telefon kein Beweismaterial haben will. Immer wieder schicke ich ihm Bilder von mir, die er mit meinem Telefon aufgenommen hat, oder Fotos, die ich von ihm gemacht habe und die er nicht einmal sehen will. Wenn ich schnell genug bin und mich zu ihm hin lehne, um ein Foto von uns beiden zu machen, sagt er: Mein Mädchen, lösch das wieder. Wir sollten, sagt er, nur Bilder von dir machen, du bist die Schönheit und die Jugend. Was er mit den Fotos macht, die ich ihm schicke, weiß ich nicht. Ich habe kein einziges gelöscht. Anne sieht die junge Frau am Ende der baumbestandenen Straße nach links abbiegen, sie streckt einen Arm aus, als wollte sie winken, aber sie zeigt doch bloß an, wohin sie fährt, auch wenn da kein Auto ist, nur Anne, die an Thomas' Stelle dem Mädchen nachsieht. Endlich hat Anne dieses Viertel gefunden, das altertümlich anmutet mit den vielen Häusern, die nicht mehr als drei Stockwerke haben, und den dunkelgrün gestrichenen Holztoren, hinter denen sie geheime Gärten vermutet.

Vormittags sind die Haustore geöffnet. Wo man sonst an geschlossenen Fassaden entlanggeht, tun sich nun Zugänge auf. Ein Luftstrom zieht Anne hinein, sie gerät in die Innenhöfe mit vorsichtigen Schritten, aber bald schon hat sie festgestellt, dass niemand von ihr wissen will, ob sie denn befugt sei. An den Vormittagen stehen die Haustore offen, damit gereinigt und geliefert werde, oder vielleicht, um die Häuser zu lüften. Im innersten Bezirk der Höfe, wo der Luftstrom sein Zentrum hat, bleibt Anne stehen. Sie mag die Innenhöfe mit Kopfsteinpflaster und am liebsten sind ihr solche, in denen Werkstätten untergebracht sind, aus denen zuweilen jemand tritt, um im Hof eine Zigarette zu rauchen. In den Stiegenhäusern sind die Stufen aus Stein, rau oder glatt, oft mit kleinen Fliesen ausgelegt, manchmal mit großen Platten. Viele Wohnungen sind unverschlossen. Wenn sie einen Installateur oder eine Putzfrau sieht, sagt Anne, oh, niemand zuhause? Sie hebt eine Hand zum Gruß und geht wieder, obwohl niemand sie zu bemerken scheint oder aber ihr Eindringen auf Gleichgültigkeit stößt. In einem Stiegenhaus hört sie über sich eine Tür schlagen und Schritte eilen und steigt weiter nach oben, bis ihr der eilende junge Mann begegnet. Sie sieht den Schlaf in seinen Augen, riecht Parfum oder Rasierwasser oder womit er sich die Haare glatt nach hinten gestrichen hat. Das Klacken der ledernen Schuhe, in seiner rechten Hand das Telefon. Anne weiß nun, man sieht sie nicht. Es ist unerheblich, ob Türen verschlossen sind oder nicht. Stärker kann der Widerstand nicht sein als dort, wo die Katze und das Mädchen dahinter warten. Hier atmen menschenleere Wohnungen. Anne besieht die Kühlschränke, vor allem die Tiefkühlfächer sind gut gefüllt. Menschen, die Speisekammern haben, kochen Marmelade ein. Das Frühstücksgeschirr steht auf dem Tisch oder neben der Abwasch in der Küche. Anne mag die

Vorstellung von warmen Toastscheiben mit Butter und Honig, verspürt aber in den Wohnungen kein Bedürfnis zu essen, könnte es wohl gar nicht. Schranktüren und Schubladen stehen offen und enthalten nichts als Kleider, Socken und Kabel. In den Küchenkästen Tee, Kaffee, Müslipackungen, Vitaminpräparate. Leere schwarze Bildschirme an den Wänden spiegeln die Zimmer als nächtlich finstere Räume. An manchen Kühlschranktüren sind mit Magneten befestigt: Einkaufslisten, Todesanzeigen, Einladungen zu Trauerfeiern und Hochzeiten, Postkarten mit Sprüchen. Nennt man das Sinnsprüche? C'est la vie. Ein einziges Mal hört Anne aus einer anderen Wohnung ein Telefon läuten, es schrillt lange und eintönig. Manchmal ein Klavier, der Hocker auf Kinderhöhe geschraubt und auf dem Notenbrett Für Elise. Die Schlafzimmer sind im hinteren Teil der Wohnung und dunkler, auch weil die Vorhänge oder Rollos oft geschlossen sind. Anne betritt die Schlafzimmer nicht, von der Tür aus kann sie die Betten sehen. Es sind ausschließlich breite Betten. In manchen gibt es, wie in Annes Bett, nur eine Decke, aber in allen hätten zwei Menschen Platz. Einmal sieht sie zwei schmale Einzelbetten im Abstand von zwei Metern, dazwischen Nachtkästchen, altdeutsche Möbel, kleine Lampen mit Stoffschirmen. Oft gibt es keine Nachtkästchen, häufig nur eine Decke, die aber groß genug ist, um sie über drei Menschen zu breiten. Anne lässt sich auf einem Sofa nieder. Sie fragt sich, wo die Hunde und die Katzen sind und wo die Kinder verwahrt werden, die abends Für Elise üben müssen und unaufhörlich die ersten Takte wiederholen, weil das schon eine Melodie ergibt.

Bis vor kurzem oder vor langer Zeit einmal haben Anne und Thomas einander Nachrichten auf dem Küchentisch hinterlassen, manchmal die Rückseite eines Kuverts, zwei Zeilen, oder ein ganzes großes Blatt, dicht beschrieben, mit einem Glas beschwert oder mit der Zuckerdose, die Anne nicht mehr findet. Sie sucht eine kleine Wohnung, unter einem schrägen Dach, mit einem Bett, das zu schmal ist und in dem trotzdem zwei schlafen, in den Vormittag hinein. Abwechselnd wach werden und wieder einschlafen. Später, spät am Tag, erzählen sie einander davon, wie sie aufgewacht sind, allein neben dem schlafenden anderen. Vor dem Fenster ein Stück Himmel, man vermochte die Tageszeit aufgrund der Helligkeit nicht zu bestimmen. Neben der Eingangstür an der Wand ein Rechteck aus Kork, Reißnägel mit flachen, bunten Köpfen halten Postkarten, abgerissene Papierstreifen, auf die Adressen und Telefonnummern geschrieben sind. Ein paar Fotos, Kinobillets, ein Faltplan der Innenstadt. Anne geht durch leere Stiegenhäuser, von ihren Schritten nur bisweilen eine Berührung auf kühlem Stein, ein Hallen ohne Laut. Sie öffnet eine Wohnungstür und weiß, dass sie es gefunden hat. Das enge Vorzimmer geht ohne eine Tür ins Schlafzimmer über. Es ist das einzige Zimmer, darin stehen auch ein Tisch und drei Stühle, gleich neben dem Bett, das zu schmal ist für die zwei, die darin schlafen. Dort vorn, ein paar wenige Schritte und Anne wird es sehen, an der Wand unter der Schräge. Zuvor aber muss sie aufs Klo, sie erkennt die Tür zu ihrer Rechten. Ein kleiner Raum, ein winziges Waschbecken, in das kaum zwei Hände passen, ein Fenster über Kopfhöhe, eine Kette vom Spülkasten herunter. Anne pinkelt lange, stellt das mit Verwunderung fest. Sie trocknet sich ab und steht auf. Unterhose und Hose hat sie hochgezogen und will die Spülung betätigen, als sie das Blut in der Schüssel entdeckt. Sie dreht sich zum Waschbecken und erblickt in dem Spiegel darüber ihr Gesicht, das in eine Glatze übergeht, in einen nackten Schädel. Sie hat keine Haare mehr, begreift Anne. Vier Finger steckt sie in den Mund, Zeigefinger, Mittelfinger, Ringfinger und kleinen Finger, bis zu den oberen Gelenken in der Mundhöhle. Beim kleinen Finger beißt sie auf den Nagel, beißt fester, bis sie endlich durchgedrungen ist.

Anne hat die Arme neben dem Körper ausgestreckt, sie liegt im Bett wie hingenagelt und ihr fällt ein, dass sie das Leeren von Thomas' Taschen vernachlässigt hat. Üblicherweise ist das ihre Nachtarbeit, heute ist es ihr unmöglich, noch einmal aufzustehen. Sie spürt den Schlaf ihren Hinterkopf umfangen und nimmt sich vor, die Buchhaltung morgen nachzuholen. Einiges hat sich angesammelt in den Sakkos und der leichteren Jacke, die Thomas vor einigen Wochen aus dem Garderobeschrank geholt hat. Wie immer zieht Anne sich in ihr Zimmer zurück und sortiert die Zettel, die nicht mehr aktuell sind, jene, die sie nicht zuordnen kann, und die Rechnungen, über die sie Buch führt. Noch nie ist sie bei dieser Tätigkeit am hellen Tag auf ihrem Bett gesessen. Sie findet einen handschriftlichen Beleg, sie kann weder Worte noch Zahlen entziffern, nur das Datum. Osterwochenende. Der Zettel hat einen aufgedruckten Briefkopf. Hotel und Gasthaus. Anne kennt den Ortsnamen und braucht trotzdem noch einen Moment, ehe sie die Adresse zuordnen kann. Kaiserpromenade. Sie sieht den Platz vor sich, Menschen in Tracht, die Eis essen. Im Schrittempo musste man durch den Ort fahren und nie haben sie angehalten, weil sie möglichst rasch zum Haus am See gelangen wollten. Von hier aus war es nicht mehr weit, eine halbe Stunde bis kurz vor Talschluss. Auch im Namen des Hotels, dessen Rechnung Anne in der Hand hält, kommt der Kaiser vor. In der Gegend, in der das Haus am See steht, betreibt man einen Kult um die alte Zeit, vielleicht hat Anne deshalb immer das Gefühl, hier aus der Welt zu sein. Etwas hat sich verändert, sagt das Mädchen. Seit es das Drehbuch fertig habe, sei es in einem anderen Zustand. Vielleicht bedeute das Alter doch eine zu große Entfernung. Die Freundin des Mädchens schaut auf ihr Bierglas hinunter, legt die Finger im Kondenswasser aneinander. Und was sagt er zu dem Drehbuch?

Er findet es erstaunlich gut, sagt das Mädchen. Seine Worte. Die Freundin blickt auf. Dann soll er etwas dafür tun. Keine Sorge, sagt das Mädchen, das wird er. Auch wenn du eure Geschichte beendest? Auch dann. Willst du ihm etwa drohen? fragt die Freundin. Nein, sagt das Mädchen. Ich habe ihn aufrichtig gern.

Anne klappt das Notizheft zu und verräumt es in einer Schublade. Sie nimmt alle Zettel, die noch auf dem Bett liegen, auch jene, die zurück in die Jackentasche gehören, und geht damit in die Küche. Sie wirft sämtliche Zettel zum Altpapier. Neben der Wohnungstür wartet Annes Rucksack. Sie zieht die Schuhe über, an denen keine Bänder zu knoten sind, vergisst das Halstuch und lässt die Tür ins Schloss fallen, geht, ohne abzusperren. Das Gelände ist zunächst flach, die Straße flieht und Anne folgt. Ihre Beine gehen rasch, selbständig, wie ihre Hände einmal gespielt haben. Sie wird auf der Steigung nicht langsamer, sie atmet sehr regelmäßig, tief ein und hörbar aus, lässt den Turm hinter sich, der ein Kriegsrelikt ist. Zweimal lang, zweimal kurz, es ist nicht eigentlich ein Takt, aber ein unbeirrbarer Rhythmus, der lange trägt. Sie überquert drei Bezirksgrenzen und setzt sich schließlich irgendwo in eine Bar. Die Übelkeit ist mit einem Mal wieder da, wenn Anne den Mund öffnete, würde alles hochkommen, ohne Würgen. Sie bestellt einen Kräuterbitter, ohne zu sprechen, deutet auf die Fernetflasche hinter der Bar. Sie schlägt die Zeitung auf, die am Tresen liegt, sieht ein gedunsenes, grinsendes Gesicht, legt die Zeitung weg, bezahlt und geht weiter. Es dämmert, von irgendwoher tönen ständig Sirenen, ein Rettungsauto irrt heulend durch die Stadt. Als Anne die Stiegen hinunterläuft, die an diesem einen Ort die Stadt wie Paris aussehen lassen, spürt sie die Muskeln an ihren Waden zittern. Das Unwohlsein wird stärker, je näher sie der Wohnung kommt. Sie muss sich beeilen, es dringt vom Magen her zum Kopf vor. Ohne Licht anzumachen, legt Anne sich auf das Kanapee. Sie bemüht sich, den Atem am Schmerz vorbei zu lenken. Jede kleine Bewegung befördert das Toben. Sie braucht lange, um den schmerzenden Arm stückweise vor den Oberkörper zu schieben. Die Wohnungstür wird geöffnet, das Licht eingeschaltet. Als er in sein Zimmer gehen will, bemerkt Thomas sie, kommt ins Wohnzimmer und macht auch hier das Licht an. Nicht, sagt Anne, sie hebt eine Hand und lässt sie sofort wieder sinken, über die Augen. Das Licht geht aus. Hast du noch Tabletten? fragt Thomas. Sie hört ihn im Bad herumräumen, dann ist er wieder da, hält ihr das Wasserglas, während sie trinkt, um die Tablette zu schlucken. Wo hast du die gefunden, fragt Anne, sie hört ihre eigene undeutliche Aussprache. Legt den Kopf wieder ab, die Hand daneben. Der grobe Stoff an der Handinnenfläche hilft ein wenig gegen das Toben. In der Schachtel, sagt Thomas. Nur einmal öffnet Anne kurz die Augen. Thomas hat sich in den Sessel gesetzt und wartet mit ihr, die Arme auf die Seitenlehnen gestützt. Schon lange nicht mehr vorgekommen, hört sie ihn sagen, leise, mehr zu sich selbst. Als die Tablette zu wirken beginnt, beruhigt sich Annes Atmung. Sie hört Geräusche von Thomas' Magen, Zirpen und Gurren.

Immer haben sie sich gleich am ersten Morgen auf den Weg zur Felsenbühne gemacht, eine Wanderung, die einen halben Tag in Anspruch nahm. Im Haus am See hat Anne keine Musik gehört und nicht gespielt, es gab weder eine Anlage noch ein Klavier. Wenn Thomas telefonieren wollte, musste er ein Stück zu Fuß zu einer bestimmten Stelle gehen. Rundherum senkten sich die Bergwände herab und bildeten das Becken für den See. Am oberen Ende führte nur ein Fußpfad weiter ins Gebirge hinein. Zweimal am Tag ging Thomas in die Ortschaft, um in dem kleinen Supermarkt einzukaufen. Wenn er zurückkam, zählte er beim Auspacken auf, was er erstanden hatte. Jeden Tag frische Semmeln, Käse, der aus der Gegend stammte, ebenso die Eier. Abends hat Anne sich auf den Balkon gesetzt und Thomas hat den Tisch gedeckt. Er hat in einem Brotkorb die Semmeln gebracht, Käse und Wurst auf einem Teller aufgelegt und Wein oder Bier eingeschenkt. Weil die Bergspitzen so nahe schienen, verlor man das Gefühl dafür, in welcher Höhe man sich befand. In der großen Buche waren Vögel oder Eichkätzchen am Werk. Es schmecke hier einfach besser, sagte Thomas, in der Stadt bekomme man nirgends solche Semmeln. Er holte ein Teelicht und stellte es zwischen die Teller, weil sie immer vergaßen, richtige Kerzen mitzubringen. Sie konnten das Gesicht des anderen nicht mehr sehen, während der Himmel noch in tiefem Blau stand. Beim ersten Ruf eines Käuzchens begann Thomas den Tisch abzuräumen und dann gingen sie über den Hügel hinauf zur Kirche, im Dunkeln, denn es gab keine Straßenlaternen. Der Himmel aber war noch immer nicht schwarz, sondern vom dunkelsten Blau, das Anne kannte. Später lag sie im Bett, das immer mit weißer Wäsche bezogen war, und sie bestand darauf, dass ein Fenster wenigstens einen Spalt breit geöffnet war, denn sie wollte in dem Haus am See keinen Moment ohne die Stille sein. Thomas legte sich manchmal erst später neben sie, aber immer war er vor ihr eingeschlafen, und Anne stand noch einmal auf und öffnete das Fenster weit. Wenn sie sich wieder hinlegte, spürte sie die Wärme unter der Decke. In der zweiten Nacht waren alle Töne aus Anne verschwunden. Der Takt, der in ihrem Organismus unablässig schlägt, sie weiß nicht, ob er vom Blut ausgeht, vom Herzen oder von anderswo, kommt in der zweiten Nacht im Haus am See zu einem Ende. Sie hört, wie Thomas sich mit einer Hand über Mund und Kinn streicht. Sie hält die Augen geschlossen. Ich will, sagt Anne, ins Haus am See. Thomas beugt sich nach vorn, Anne hört die Verlagerung des Gewichts, das Holz der Armlehnen, den Stoff der Kleidung, das Räuspern. Du schläfst ja schon. Er steht auf. Ich bringe dir eine Decke. Nein, sagt Anne und stützt sich auf ihre Arme. Wenn ich hier schlafe, kann ich mich morgen nicht mehr rühren. Sie rutscht an den Rand des Kanapees und steht auf, steht nun Thomas gegenüber. Ich weiß nicht, wie du das aushältst, sagt sie, jede Nacht auf der Couch zu schlafen. Eine Türschwelle knackt. Im Sommer, sagt Thomas, ins Haus am See. Ja, sagt Anne, ich werde schon früher fahren.